LE QUATRIÈME BATAILLON

→ DES ←

MOBILES DE LA LOIRE

31 Août 1870 – 2 Février 1871.

SOUVENIRS D'UN OFFICIER

HONNEUR — PATRIE

SAINT-ÉTIENNE

J.-M. FREYDIER, IMPRIMEUR-LIBRAIRE

2, rue de la Bourse, 2.

1872

LE QUATRIÈME BATAILLON

DES

MOBILES DE LA LOIRE

31 août 1870 — 2 février 1871

SAINT-ÉTIENNE

IMPRIMERIE ET LIBRAIRIE J.-M. FREYDIER, RUE DE LA BOURSE, 2.

LE QUATRIÈME BATAILLON

DES

MOBILES DE LA LOIRE

31 août 1870 — 2 février 1871.

SOUVENIRS D'UN OFFICIER

SAINT-ÉTIENNE

J.-M. FREYDIER, IMPRIMEUR-LIBRAIRE

2, rue de la Bourse, 2.

1872

A MES COMPAGNONS D'ARMES

C'est en me retrouvant cette année chez mon ami sous les platanes d'un parc qui domine au loin le Forez, à cette même place, où un an auparavant la nouvelle du désastre de Reischoffen était venue nous surprendre douloureusement tous deux, et nous avait fait partir sur l'heure pour signer notre engagement à Saint-Etienne, que je me décide à écrire ces pages.

Une pensée m'a surtout guidé dans ce travail : celle de remplacer tant de chères lettres qui ne sont pas toutes parvenues à leur adresse et qu'on avait d'ailleurs rarement l'occasion d'écrire au milieu de l'agitation du camp et de cette vie nomade du soldat en campagne. Cette considération, jointe au désir naturel de laisser quelques traces de l'existence si éphémère et pourtant si remplie du 4ᵉ bataillon de la Loire me fera peut-être pardonner ma témérité.

Assimilé par une décision du général à un bataillon de chasseurs à pied, notre petit corps fut comme ses homonymes destiné dès lors à faire un dur service. Toujours aux avant-postes alors que nous marchions à l'ennemi, à l'extrême arrière-garde pendant la retraite il n'a dû, pour ainsi dire, qu'à la Providence de voir la guerre se finir sans que son effectif en ait trop souffert, après avoir échappé, par deux fois au moins, à un complet désastre.

Le sentiment très-net de cette situation avait formé dans le corps des officiers des liens étroits et une vraie confraternité d'armes qui, sans être tout-à-fait l'amitié, cette chose sainte donnée par Dieu à l'homme pour le soutenir dans les mauvais jours, s'y rattache quelque peu cependant par le souvenir des services mutuellement rendus. Je ne crains donc point de dire que c'est avec l'approbation de la plupart de mes camarades, et surtout avec la pensée que cet opuscule ne sortira pas du cercle étroit du département qu'il intéresse, que je me mets à l'œuvre.

Le lecteur qui voudra bien se donner la peine de feuilleter ces pages n'y trouvera pas l'appréciation des causes qui ont amené nos désastres, ni la critique des fautes qui ont été commises. — Il n'y sera pas non plus question des réformes qu'il serait utile d'introduire chez nous pour arriver à une revanche plus ou moins prochaine.

A ce point de vue, souvenons-nous des paroles de Charles-Quint qui disait : « Il n'y a nation au monde qui fasse plus « pour sa ruine que la française, et néanmoins tout luy tourne « à salut, Dieu ayant en sa protection particulière le roy et « le royaume. » (1)

C'est dans un autre but que ce récit a été écrit, et quand ma pensée s'est reportée, pendant les loisirs de l'automne dernier, à la triste odyssée de l'autre hiver, j'ai mis tout mon soin à me rappeler nos émotions et nos fortunes diverses. En les retrouvant toutes vives dans mon souvenir, je les ai consignées ici une à une pour tous ceux qui avaient quelqu'un de cher dans nos rangs.

Château de Cuzieu, décembre 1871.

HENRI BOISSE–ADRIAN.

(1) Histoire des princes de Condé (luc d'Aumale)

LE QUATRIÈME BATAILLON

DES

MOBILES DE LA LOIRE

31 août 1870 — 2 février 1871

I

SAINT ETIENNE.

31 août. — 23 septembre.

Le 17 août 1870, les officiers nommés aux gardes mobiles de la Loire par M. le lieutenant–général Espivent de la Ville-boisnet, commandant la 8ᵐᵉ division militaire, furent convoqués à la préfecture par le préfet M. Castaing, en présence du général Martinez, commandant le département.

Si, parmi eux, beaucoup se trouvaient astreints par leur âge à ce nouveau service militaire, plusieurs n'étaient pas dans ce cas. Il y avait là : MM. Poyeton, de la Tour-du-Pin, de Mont-golfier, Kaps, V. de Rochetaillée, Maurice Boucherie, de Bussière, Lucien Neyron, de Francqueville et bien d'autres qui quittaient leurs familles ou leurs occupations pour marcher à l'ennemi en volontaires. Le général croyait que la garde mobile ne tarderait pas à se battre aux côtés de l'armée. Cette perspective devenait d'ailleurs évidente : Reischoffen était un grand désastre, les débris des divisions du maréchal de Mac-Mahon se ralliaient péniblement au camp de Châlons, pendant que les passages des Vosges tombaient, sans coup férir, aux mains de l'ennemi et que Bazaine essayait ou plutôt n'essayait pas de percer le cercle de fer qui allait l'immobiliser sous Metz.

Le désordre, prélude ordinaire des grandes catastrophes, commençait à se faire partout sentir, et ce jour-là il se glissa au milieu même de notre réunion. Des télégrammes arrivèrent, rappelant dans l'armée ceux d'entre nous qui lui avaient déjà appartenu; d'autres, venant annuler cette décision un instant après, les conservaient à nos cadres, jusqu'à ce que cette dernière situation finissant par prévaloir, les gardes mobiles de la Loire se trouvèrent enfin avec des officiers à leur tête.

Cette garde mobile, on en sait l'histoire. Créée en février 1868, sur les instances du maréchal Niel, elle aurait peut-être pu devenir utile, dès les premiers jours des hostilités, si on ne l'eût pas laissée longtemps à l'état de lettre morte. Faut-il attribuer cette négligence à la mort prématurée du maréchal, à l'indifférence du gouvernement d'alors, ou bien aux clameurs de l'opposition, résolue en ces temps à tout désarmer pour vouloir plus tard continuer la *lutte à outrance*, alors que l'on n'avait ni armes ni équipement. C'est ce qu'il appartient à chacun de juger.

Au mois d'août 1870, cette organisation dont la nécessité s'imposait impérieusement était confiée aux préfets qui remettaient entre les mains de l'autorité militaire les bataillons au fur et à mesure de leur rassemblement.

Un arrêté préfectoral nous apprit ainsi que les hommes seraient réunis du 28 au 30 août.

Chacun se mit à employer les jours qui nous séparaient de ce moment à réviser les registres matricules des hommes qu'il devait avoir sous ses ordres, à suivre des conférences militaires et à apprendre dans les cours de la caserne le maniement d'armes et les principes de la théorie militaire. Nous n'étions pas sans quelque connaissance du métier, quand le 4me bataillon de la Loire fut réuni le 31 août, sous le commandement de M. Kaps, ancien capitaine de l'armée. Le bataillon comptait huit compagnies, avec un effectif de 170 hommes, y compris les cadres.

La huitième compagnie forma le dépôt.

Les assemblées avaient lieu chaque matin, de 7 heures à 10 heures, et l'après-midi de 2 heures à 4 heures. Ces longues lignes d'hommes, représentant toute la population du pays et rangées sans distinction de taille, comme cela se fait dans le recrutement ordinaire, avaient bonne apparence. Elles comprenaient la partie de la jeunesse du département exonérée du service ordinaire par le hasard d'un bon numéro ou par les avantages de la fortune. Il faut bien l'avouer, leur allure tout d'abord s'éloignait quelque peu des habitudes militaires. Mais lorsque les vêtements

civils disparurent pour faire place à la vareuse noire, au pan-
talon gris de fer et au képi bordé de rouge, équipement
léger qui se complétait d'un humble sac en toile et d'un fusil
de munition, sur la qualité duquel on pouvait se récrier, nous
ressemblâmes à toutes les gardes mobiles de France.

Les hommes recevaient leurs 20 sous quotidiens, et ils s'en
allaient loger chez l'habitant, sans trop grand souci de leur nouveau métier, quand la catastrophe de Sedan vint mettre un
terme à des agissements peu en harmonie avec la situation et
rappeler tout le monde au sentiment plus exact du devoir.
Chacun comprit qu'il fallut faire vite, on y réussit; même
on fit presque bien.

Je ne crains point de le dire : ce résultat est dû en grande
partie aux officiers; ils consacrèrent à cette œuvre leur activité
et leur intelligence. Les capitaines surtout peuvent s'attribuer
la plus grande part du succès.

En quelques jours ils furent au courant de la comptabilité
si multiple d'une compagnie, ils formèrent eux-mêmes leurs
sergents-majors et leurs sous-officiers, pendant que les
lieutenants les aidaient à enseigner sur le terrain, ce qui,
d'ordinaire, est la besogne des sergents et des caporaux.

Déclarons-le hautement, la volonté d'apprendre, l'émula-
tion qui régnait au milieu de ces jeunes gens du même
endroit, se connaissant presque tous, au moins de nom,
aidèrent puissamment au travail des chefs, en même temps
que la discipline se répandait presque d'elle-même dans les
rangs.

Ce fut la récompense de ceux qui commandaient, d'avoir

en général mérité l'attachement de leurs hommes ; sentiment,
du reste, assez constant partout, puisqu'il inspirait à un chef
de corps de l'armée de l'Est, les paroles suivantes : « Ces
« mobiles, il n'y a que leurs officiers qui puissent les
« commander. »

Nos journées se passaient ainsi fort occupées, quand le
bataillon, dans le simple attirail que vous venez de voir, fut
expédié à Dijon, le vendredi 23 septembre. — C'était le pré-
sage certain de notre prochaine entrée en campagne.

Saint-Etienne presque en entier se trouvait avec nous, quand,
au moment du départ, nos mobiles se rangèrent en colonne sur
la place de l'Hôtel-de-Ville. On nous accompagna jusqu'à la
gare. Tous les yeux n'étaient pas secs parmi les spectateurs ni dans
nos rangs, et quand le train s'élança vers Lyon, bien des
mouchoirs s'agitèrent pour nous dire un dernier adieu.

Ces trains spéciaux, qui furent mis au service du bataillon,
chaque fois qu'il eut une longue route à faire, présentaient un
tableau assez original.

Tout y entrait : les officiers dans des compartiments de premières, les sous-officiers en secondes. Des wagons de troi-
sièmes ou des fourgons dans lesquels on voyait des bancs de
planches étaient destinés aux hommes, groupés autant que possible par escouades. Les sacs étaient empilés en ordre dans un
coin, et les fusils debout dans un autre, de manière à être
rapidement saisis en cas d'alerte.

Chaque officier était armé en guerre, muni de revolvers,
de longues-vues et de cartes.

Des chants guerriers retentissaient dans tous les wagons.

Le 23 septembre, nous nous arrêtâmes seulement aux gares où la machine devait prendre du charbon, et partout les habitants furent là, sur les quais, heureux de distribuer des provisions et le vin de leurs côteaux célèbres.

Nous arrivâmes vers huit heures du soir à Dijon.

On rangea les compagnies devant la gare, l'ordre de rassemblement fut donné pour le lendemain à 8 heures, et, les billets de logement distribués, chacun s'en fut chercher son gîte.

II.

DIJON. — EPISODE DE BOMBONNEL. — GRAY.
SAINT-SYMPHORIEN-D'OZON.

23 septembre. — 24 octobre.

Le milieu dans lequel nous arrivions différait sous tous les rapports de celui que nous venions de quitter. A Saint-Etienne, on vivait presque avec les siens ou dans leur voisinage ; à Dijon, une longue distance nous en séparait. On voyait sans peine que les habitants devinaient l'approche de l'ennemi. Comme dans tous les départements à demi-envahis, ou sur le point de l'être, il y avait à Dijon un comité de défense, habile à tout précipiter dans le chaos, en s'efforçant, avec des intentions peut-être louables d'ailleurs, de tout organiser pour la lutte.

Les rues pleines de militaires de différentes armes faisaient pressentir les événements tragiques qui pouvaient, d'un moment à l'autre, se dénouer dans les environs.

Le 24 septembre, le premier ordre du jour communiqué aux mobiles, à leur arrivée en Bourgogne, provoqua chez eux une vive émotion ; la solde, jusqu'alors d'un franc par jour, était réduite à 45 centimes, accompagnés d'une livre de pain.

Dans leur condition de nouveaux arrivants, obligés de se pourvoir chez les fournisseurs ordinaires, il leur était assurément difficile de faire face au nécessaire.

Le capitaine de Rochetaillée entreprit aussitôt auprès de la municipalité des démarches qui aboutirent d'autant plus heureusement, que M. Dubois, maire de la ville, les appuya de son autorité. Nous eûmes donc la satisfaction d'annoncer aux compagnies que la ville ajoutait à la solde ordinaire 25 centimes avancés sur les deniers municipaux, et que les fourneaux économiques fonctionneraient pour elles.

Ainsi tout allait au mieux, et nos exercices se poursuivaient régulièrement cinq heures par jour sur la place Saint-Nicolas et au champ de Mars, quand survint un cinquième ordre qui mit en cause l'existence même du bataillon.

Les hommes qui gouvernaient alors avaient décrété l'élection des officiers. Assurément, il n'y a pas un esprit sensé qui ne blâme l'introduction d'un pareil système dans l'armée.

En général les compagnies confirmèrent purement et simplement les choix faits hiérarchiquement; celles qui agirent autrement n'eurent pas de motifs bien sérieux de s'en féliciter.

Les connaissances militaires élémentaires sont vite apprises, elles ne suppléent jamais ni à l'instruction, ni à l'éducation première, quand ces fondements indispensables font défaut. L'expérience, qui en a été faite cette fois sera probablement jugée assez concluante pour qu'à l'avenir personne ne songe jamais à donner aux soldats des chefs qui soient leurs créatures.

Celui qui écrit ces lignes n'a pas besoin de dire à ceux que l'élection a fait ses camarades qu'il n'y a ici aucune allusion pour eux.

Le corps d'officiers déjà existant avait résolu, après de très-vives discussions, de passer par cette épreuve fatale à tout esprit de discipline, mais que les circonstances d'alors leur faisaient un devoir de subir. Les nouveaux venus furent accueillis cordialement par les anciens.

Après l'élection, le cadre d'officiers fut ainsi composé :

Commandant : M. KAPS

Première compagnie.

MM. CHOLAT, capitaine.
GRAVIER, lieutenant.
Elysée NICOLAS, sous-lieutenant.

Deuxième compagnie.

MM. Maurice BOUCHERIE, capitaine.
Henri BOISSE-ADRIAN, lieutenant.
PAULY, sous-lieutenant.

Troisième compagnie.

MM. Vital DE ROCHETAILLÉE, capitaine-major.

Lucien NEYRON, lieutenant-adjudant-major.

Henrí THÉOLIER, sous-lieutenant.

Quatrième compagnie.

MM. FABRE, capitaine.

FRAISSE, lieutenant.

SOULAS, sous-lieutenant.

Cinquième compagnie.

MM. FESCHOTTE, capitaine.

PICARD, lieutenant d'habillement.

CRÉPET, sous-lieutenant.

Sixième compagnie.

MM. A. DE FRANCQUEVILLE, capitaine.

LEFEBVRE, lieutenant. .

MICHEL, sous-lieutenant.

Septième compagnie.

MM. GIRARDIN, capitaine.

HEDDE, lieutenant.

DEVILLES, sous-lieutenant.

Nos journées s'écoulaient vite; notre temps était consacré aux manœuvres, aux promenades militaires, aux revues hebdomadaires passées dans le Parc par M. le colonel Poyeton, qui commandait le 11e régiment provisoire formé de nos 1er, 2e et 3e bataillons. Nous ne tardâmes pas à recevoir de la manufacture d'armes de Saint-Etienne des chassepots. Ce fut une véritable fête que le jour de leur distribution : on les prit avec joie, on en eut toujours un soin particulier.

Ces armes sérieuses annonçaient que le moment viendrait bientôt pour nous d'aller à l'ennemi, et nous nous plaisions à faire de cette idée le thème ordinaire de nos conversations à la table où nous nous réunissions tous. Là, on apprit à se mieux connaître ; là, se formèrent les liens d'une camaraderie assez étroite pour nous tenir unis pendant toute la campagne et toute la durée de notre internement.

Nos soirées, après des jours si occupés, se terminaient d'ordinaire au *café de Paris*, toujours rempli d'hommes en tenue plus ou moins militaire et de francs-tireurs de tous les costumes. Ces derniers surtout étaient nombreux, partant en guerre ou en revenant, la ceinture pleine d'engins terribles et la bouche de récits fantastiques.

On se montrait un homme, isolé parmi eux, petit de taille, simple dans ses allures et portant à son képi et aux manches de son uniforme les galons de colonel. En le considérant un peu, on voyait d'abord ses yeux étincelants, et sa figure balafrée dans tous les sens et déchirée comme à plaisir. C'était Bombonnel, le tueur de panthères.

Les journaux de Dijon, son pays natal, retentissaient alors

2

des détails d'un coup de main heureux qu'il avait exécuté à la tête de sa compagnie franche du côté de Chaumont. La délégation de Tours, pour reconnaître cette action d'éclat, l'avait autorisé à prendre sous ses ordres un bataillon de mobiles qui pût le suivre et l'aider dans ses opérations ultérieures.

En temps de guerre, entre soldats, les relations s'établissent vite, et il ne fallut pas longtemps pour que plusieurs d'entre nous, se rencontrant fréquemment avec ce chef de partisans, ne connussent bientôt la faveur que le ministère de la guerre venait de lui accorder.

L'agitation stérile et uniforme de la vie de garnison commençait à peser à tous, si bien que nous trouvant dans une pareille disposition d'esprit, il fut aisé à Bombonnel et à son adjudant-major de nous amener, dans une sorte de conférence, à accepter son plan de campagne, qui consistait à se jeter dans les bois épais semés au nord de la Haute-Saône pour couper les vivres et les communications des colonnes prussiennes en marche sur Gray, par Chalindrey, Champlitte, Vesoul et Dampierre.

Séance tenante, la résolution de s'attacher à sa fortune, mise aux voix, fut adoptée à la majorité, après une longue et vive discussion. On rédigea sur-le-champ une pétition au général Sencier, pour qu'il voulût bien autoriser le 4ᵉ bataillon de la Loire à rejoindre Bombonnel et à passer sous ses ordres.

Le général communiqua notre requête au gouvernement de Tours qui répondit par la dépêche suivante :

« Tours, 16 octobre, 3 h. 30, soir.

« Ministre de la guerre à Vasseur, capitaine des francs-
tireurs Bombonnel. — Langres.

« Je prescris de diriger immédiatement, suivant votre désir,
sur Langres, le 4ᵉ bataillon de la garde mobile de la Loire. »

Le capitaine Boucherie fut envoyé en mission à Lyon pour
nous approvisionner, dans les 24 heures, de cartouches, couver-
tures, toiles de tente, etc. Le surlendemain, 18 octobre, à
midi, nous partîmes pour le Manois, emportant de Dijon et de
l'hospitalité de ses habitants le plus sympathique souvenir.

Notre train devait s'arrêter quelques minutes seulement
à la gare de Gray. Nous y arrivions à peine qu'il nous fut
enjoint de descendre précipitamment et de nous aller ranger
devant le pont qui donne, de ce côté, accès à la ville.

On nous apprit en même temps ce qui s'était passé. Le sous-
préfet et le maire de l'endroit, prévenus de notre arrivée, étaient
accourus en grande hâte au devant du commandant pour lui
exposer que l'ennemi était en forces à quelques kilomètres
de là, qu'il serait insensé de vouloir lutter avec un bataillon
contre un corps d'armée, et que la ville, résolue à ne pas se
défendre, demandait notre éloignement pour lui éviter un bombardement inutile.

Dans cet état de choses, privé de toutes nouvelles de Bombonnel parti quelques jours avant nous, n'ayant pas encore reçu de munitions, M. Kaps n'eut d'autre alternative que d'informer le général Sencier de cette situation par le télégramme que voici :

« Gray, 18 octobre, 6 h. 30 soir.

« Général Sencier à Dijon,

« Prussiens en grand nombre à 15 kilomètres, communications coupées, que faut-il faire ? »

A neuf heures du soir arriva la réponse du général Sencier :

« Dijon, 18 octobre, 8 h. 30 soir.

« Commandant Kaps à Gray.

« Dijon encombré depuis votre départ, faubourgs remplis de troupes. Dirigez-vous sur Lyon. Prussiens à Vesoul. »

Le train qui nous avait amenés nous reçut de nouveau. La manœuvre des employés du chemin de fer fut longue et pénible par suite du désarroi inévitable qui régnait. Le chef de gare avait mis depuis le matin sa caisse et ses papiers en lieu sûr. Les salles d'attente étaient remplies de femmes, d'enfants, de vieillards demandant avec impatience à être embarqués. Mais on avait l'ordre de sauver d'abord le matériel : un interminable convoi de 150 à 200 locomotives les unes à la suite des autres n'attendait qu'un dernier signal pour fuir à toute vapeur.

Nous arrivâmes à Lyon, le 19 au matin, pour gagner à pied Saint-Symphorien, dans l'Isère.

Ainsi se termina cette aventure de Bombonnel.

Nous ne restâmes que quelques jours à Saint-Symphorien. Le général de Werder avait concentré toutes ses forces aux environs de Gray et marchait sur Dijon que l'on voulait défendre à tout prix. Notre bataillon fut un de ceux désignés pour arrêter l'ennemi.

L'ordre de partir arriva le dimanche ; il serait plus juste de dire les ordres de partir, car il y en eut au moins quatre qui se succédèrent dans l'espace de deux heures, apportés de Lyon par des estafettes du quartier-général.

Ordre n° 1, reçu à 10 heures du matin.

« Le bataillon de la Loire ira s'établir, mardi matin, 25 courant, au camp de Sathonay.

« Lyon, le 23 octobre 1870.

« *Le colonel commandant la subdivision et la place.* »

(Ordre n° 2, reçu à 10 h. 30 m.)

« Urgent.

« Le général commandant la 8ᵉ division militaire informe le commandant du 4ᵉ bataillon de mobiles de la Loire, qu'il a à réunir immédiatement son bataillon à la gare de Sérézin pour y être embarqué à destination de Pesmes (Haute-Saône). Des ordres sont donnés à la compagnie du chemin de fer pour assurer le départ.

« Lyon, le 23 octobre 1870.

« Par ordre :

« *Le lieutenant-colonel chef d'état major.* »

(Ordre n° 3, reçu à 11 h. 30,)

« Par ordre du ministre de la guerre, toutes les troupes disponibles à Lyon devant être dirigées sur Pesmes (Haute-Saône), le 4ᵐᵉ bataillon de la Loire *devra se tenir prêt* à partir au premier signal.

« Si ce bataillon n'a pas de cartouches, il devra en toucher immédiatement.

« Lyon, le 23 octobre 1870.

« *Le colonel commandant la place et la subdivision.* »

(Ordre n° 4, reçu à 11 h. 45.)

« Le 4ᵐᵉ bataillon de la Loire partira de Saint-Symphorien et de Vézin demain matin, 24 courant, assez tôt pour être rendu à Lyon à midi au plus tard, pour pouvoir s'embarquer à la gare de la Guillotière et partir à deux heures après avoir touché 4 jours de vivres.

« Lyon, le 23 octobre 1870.

« *Le général commandant la 8ᵉ division militaire.*

« BRESSOLES. »

Un cinquième ordre n'étant point parvenu, les prescriptions du quatrième furent exécutées.

Le bataillon, expédié le lundi, 24 octobre, arriva à Dijon vers minuit, à la clarté d'une aurore boréale splendide. En descendant de wagon, notre commandant trouva à la gare un nouvel or re qui l'attendait :

« Ordre du général.

« Le 4ᵐᵉ bataillon de la garde nationale mobile de la Loire arrivant à Dijon à 11 heures 1/2 devra, sitôt son arrivée, être di-
rigé sur Bèze par voie de terre. »

On se mit donc en route sans perdre une minute. Bèze est
un village, distant de 30 kilomètres de Dijon sur la route qui
se bifurquant, un peu plus loin, à Fontaine-Française, conduit
à gauche à Champlitte, à droite à Gray.

III.

AUVET. — BAPTÊME DU FEU. — BEAUNE.

25, 26, 27, 28, 29 octobre.

Un jour blafard et pluvieux se levait lorsque nous aperçûmes le village de Bèze au fond de l'entonnoir où il se trouve, presque entouré de tous côtés par l'immense forêt de Velours. Tout dénotait cette fois que l'ennemi était devant nous ; déjà sur notre route, nous avions franchi des sauts-de-loup, des arbres abattus, des ouvrages en terre, et nous apercevions à cette heure, bivouaquant dans la campagne, des compagnies de mobiles et leurs sentinelles éparses, pendant que le canon grondait du côté d'Auxonne, cette ville si coquette derrière ses remparts en miniature, avec sa gare crénelée et la ceinture que lui fait la Saône.

Le colonel de Flandre, sous le commandement supérieur duquel le bataillon était placé avec les autres forces réunies aux environs, s'était établi à Bèze.

Dès le lendemain de notre arrivée, il nous passa en revue ;

son inspection terminée, il réunit autour de lui les officiers et leur exprima sa satisfaction sur la tenue et l'air résolu des hommes. Il termina en donnant quelques conseils sur ce qu'il y aurait à faire en présence de l'ennemi. Il insista spécialement sur la lenteur du tir : « Un coup toutes les minutes, bien posément, dit-il, et c'est assez ; ménagez vos cartouches. »

Les divers objets de campement, qui nous poursuivaient de gare en gare depuis huit jours et 90 cartouches par homme furent distribués, et l'on commença le service en campagne.

Les deux premières compagnies reçurent l'ordre de se porter à 5 kilomètres en avant sur la route de Gray, au hameau de Bourberain, pour y monter la première grand'garde. On fit tout ce que recommandent, en pareille occasion, les instructions militaires. De retour au poste, les officiers écoutaient les renseignements intéressants que leur communiquaient le commandant des mobilisés de l'endroit, garde principal des forêts, quand, vers dix heures du soir, un habitant de Champlitte arriva au milieu d'eux.

Il apportait la nouvelle que 500 Prussiens s'avançaient vers son village, probablement pour en réquisitionner les habitants, qui avaient tué deux uhlans le matin même, et il venait demander du secours. Le capitaine Cholat, commandant notre détachement, jugea utile d'envoyer cet homme à Bèze au colonel de Flandre. Celui-ci, après l'avoir écouté, décida que les cinq compagnies restées auprès de lui, rejoindraient sur-le-champ les deux premières à Bourberain, et que tous, ainsi au complet, nous nous dirigerions aussitôt de ces côtés pour attaquer au petit jour.

Au premier son du clairon, chacun fut bientôt sur pied, et le 4ᵐᵉ bataillon de la Loire, sac au dos, son commandant en tête, partit le jeudi, 27 octobre, vers une heure du matin, pour aller à Auvet et à Saint-Seine, recevoir le baptême du feu non loin des champs fameux de Fontaine-Française.

L'avant-garde était formée d'une section de la deuxième compagnie. Nous marchions silencieux, les armes chargées, en deux files sur les côtés gazonnés de la route, scrutant les ténèbres, tendant l'oreille au moindre bruit, pendant que la masse noire du bataillon marchait, à 600 ou 700 mètres derrière nous. Vers trois heures, au détour du chemin, des feux brillèrent et un poste nous arrêta. C'était la garde nationale de Fontaine-Française encore libre. Nous trouvâmes son commandant, le marquis de Saint-Seine, dans une des salles hautes de la mairie où l'on tint conseil de guerre.

L'ennemi était à peu de distance de nous, et il fut décidé que les 5ᵉ 6ᵉ et 7ᵉ compagnies, sous les ordres du capitaine de Francqueville occuperaient, Saint-Seine à trois kilomètres de là, tandis que les quatre premières, avec M. Kaps, obliqueraient à gauche pour se diriger vers le petit bourg de Pouilly et en fouiller le bois qui domine la route de Gray, ainsi que les territoires des villages d'Auvet, de Vars et d'Autrey, disséminés dans un rayon de trois ou quatre kilomètres.

Les uns prirent la route de Saint-Seine, les autres celle de Pouilly, où nous arrivâmes sans incident aux premières lueurs du jour.

Oui, la guerre est un fléau; mais la triste réalité n'apparaît entière qu'au moment où on la touche du doigt. Voilà un vil-

lage heureux et tranquille; il étale au soleil ses maisons paisibles, ses granges pleines, ses champs cultivés avec soin,
quand des hommes ayant fait de longues lieues dans une marche
de nuit arrivent là au matin. En un moment, cette quiétude
disparaît : l'incendie et la dévastation vont faire leur œuvre, et parmi cette fleur de jeunesse, beaucoup, si joyeux
et si fiers de leurs vingt ans, ne reverront plus le sol natal.

Nous étions assez dispos, après une halte d'une demi-heure,
quand nous quittâmes le village pour nous engager presqu'à sa
sortie dans des champs, où, apparemment, nous devions en
venir aux mains.

La 1re compagnie se déploya en tirailleurs dans la plaine;
les autres la suivirent comme soutiens, pendant que deux escouades de la 2e se portaient à gauche pour s'embusquer dans
le chemin d'exploitation de la forêt de Vars. On battit ainsi
pendant plus d'une heure les vignes, les haies, les replis du
terrain qui s'étendait devant nous, sans rien apercevoir, ni
sans être inquiété. La forêt était vide. Les 1re et 2e compagnies, prenant alors à gauche, pénétrèrent dans le bois
et après quelques minutes de marche, débouchèrent sur un
plateau dénudé, dominant au loin le pays, au milieu duquel
serpentait la route blanche de Gray à Dijon. Quelqu'un dit
aussitôt : Les voilà ! Et sur cette route, nous vîmes une longue
colonne de cavaliers. Ils s'avançaient en bon ordre, par quatre,
enveloppés de leurs manteaux sombres, au pas de leurs beaux
chevaux, dans la sécurité d'un régiment qui changeant de
garnison pendant la paix, marche tranquillement, chez lui,
d'étapes en étapes.

Nous les suivions du regard, quand le bruit de deux ou trois coups de chassepot retentit à notre gauche, immédiatement suivi d'un feu bien nourri. La troisième et la quatrième compagnies, qui se trouvaient à quelques centaines de mètres en avant, dérobées à notre vue par les derniers confins de la forêt, étaient engagées.

En avançant, elles avaient aperçu trois uhlans; le sergent-major Peyron avait tiré sur eux, et une vive fusillade, partant à 600 mètres des haies où l'ennemi cachait ses tirailleurs, avait aussitôt éclaté.

Les deux premières compagnies firent par le flanc et quelques foulées de pas gymnastique les eurent bientôt portées au centre même de l'action et dans le rayon d'activité des balles.

On n'oublie jamais cette dure impression, qui s'appelle le baptême du feu. Quelle angoisse dans le premier moment ! Elle s'inscrit en différents caractères sur les visages ! Les uns sentent leurs cheveux se dresser sur leurs têtes; les autres sentent une sueur froide inonder leurs tempes. Vous voyez des figures colorées devenir blêmes, d'autres, pâles d'ordinaire, devenir pourpres. Au bout d'un instant, toutes les figures s'enflamment, car rien n'excite plus la passion, rien n'échauffe autant les esprits que la chasse de l'homme par l'homme et ce jeu de la vie et de la mort.

Quel critérium pour la valeur de chacun ! Qu'on peut bien se juger soi-même, comme on juge bien les autres !

Les Badois du général de Werder tirèrent ce jour-là trop haut, et c'est un miracle que le commandant Kaps n'ait pas été atteint. Immobile sur la droite de la 3ᵉ compagnie, il était admirable de bravoure et de sang-froid, retenant son cheval impatienté par la grêle des projectiles qui sifflaient. A quelques pas de lui, et non moins vaillant, notre digne aumônier M. l'abbé Devuns, se tenait prêt à porter les secours de son ministère à ceux que les balles devaient atteindre. Toujours depuis il a marché au milieu de nous, ne nous quittant que rarement, pour nous revenir les mains pleines et nous rapporter des nouvelles des nôtres.

D'après les renseignements qu'on nous avait donnés à Bèze et ceux que nous avions recueillis sur notre route, nous nous étions imaginé que notre excursion matinale ne devait pas dépasser l'importance d'un coup de main. « Ils sont quelques Prussiens, là-bas, en train de boire et de manger, bien tranquillement, faudrait les pincer tous. » Tel est le langage que nous tenaient les paysans interrogés. Il ne s'agissait donc que de surprendre délicatement les dîneurs et de les amener, de gré ou de force, au quartier du colonel de Flandre. La perspective d'un pareil début n'avait pas laissé que de nous sourire. Nous avions considéré comme une excellente aubaine d'avoir une escarmouche pour commencer et de faire ainsi un apprentissage du feu, avant que nous fussions appelés à jouer un rôle dans une grande bataille.

Et voilà que nous tombions sur un ennemi parfaitement averti de notre approche et huit fois supérieur en nombre ! Derrière ses bataillons en ligne qui nous envoyaient sans relâche des feux de peloton bien nourris mais mal dirigés, on apercevait ses réserves rangées en masses sombres et superbes. Nous étions 500, sans un cavalier ni un canon : ils étaient plus de 4,000. Deux escadrons de cavalerie étaient venus se former sur leur gauche, n'attendant qu'un signal pour charger, et ils mettaient en batterie ces pièces d'artillerie qui fouillèrent si bien les bois quelques instants après.

Jamais depuis ce moment, sauf pendant la dernière nuit passée dans les champs glacés d'Héricourt, le 4e bataillon de la Loire ne se trouva dans une position aussi critique : un simple déploiement de ses deux ailes, et l'ennemi nous cernait absolument. L'excès même de notre témérité nous sauva ; il nous prit pour les tirailleurs d'une armée considérable dissimulée dans la forêt à laquelle nous nous adossions. Quand le commandant Kaps donna l'ordre de cesser le feu, la retraite put s'effectuer au petit pas de son cheval, soutenue par quelques escouades de la compagnie de Saint-Galmier, dirigée par son capitaine et le sous-lieutenant Rémy Thiollière, qui la suivait en volontaire. Des uhlans firent prisonnier, sans s'inquiéter davantage de la convention de Genève, notre aide-major M. Chandelux.

Que s'était-il passé à Saint-Seine ? Nous ne l'avons su que deux jours après, quand les deux tronçons du bataillon se rejoignirent. M. de Francqueville avait à peine installé ses hommes dans la cour du château que deux dragons Badois traversèrent au grand galop le village, sans qu'on pût les arrêter ; leur arrivée ne tarda pas à être suivie de celle de nombreux régiments.

Les nôtres les attendaient, postés en avant de la Vingeanne. Aussi malheureux que nous, ils ne purent rien faire contre les décharges d'une artillerie qui dominait leur position et se replièrent, par Fontaine-Française, sur Bèze et sur Dijon. Leur commandant, de Francqueville, resté des derniers, fut fait prisonnier.

Le point de ralliement fut Veaux-sur-Vingeanne, à 7 ou 8 kilomètres N.-O. de là, sur la grand'route de Langres à Dijon. L'accueil que nous y avons reçu fut bon et chaleureux. Les habitants mirent leur honneur à défrayer de leur mieux de pauvres soldats qui n'avaient pris ni repos, ni nourriture depuis 20 heures, et s'étaient battus le matin après une marche pénible de plus de 10 lieues.

Jeudi, 27 octobre.

Chacun put retrouver pendant quelques heures dans ces maisons hospitalières quelque chose des douceurs de son foyer ; les oreilles furent attentives et complaisantes aux récits de cette première journée ; on eut sa place au coin du feu.

Certes, il ne convient pas d'attacher à ce combat de Pouilly plus d'importance qu'il n'en mérite. C'était un simple engagement d'avant-garde ; mais n'est-ce pas aussi un point très-important que d'avoir vu le feu ? Nous voilà aguerris désormais, avec quelque confiance en nous-mêmes, un peu de crânerie et cette supériorité que les troupes moins favorisées reconnaissent volontiers à celles qui les ont précédées à l'ennemi. De tous les mobiles de la Loire, ceux du 4ᵉ bataillon avaient eu les premiers cette bonne fortune.

Quand l'assemblée eut lieu sur la place de Veaux, le vendredi matin 28 octobre, nous avions deux partis à prendre : l'un commode et sans danger, celui de nous aller enfermer

dans Langres, à une heure et demie de route ; l'autre, pénible
et plein de périls, consistait à franchir, en une marche parallèle très-voisine de la colonne Prussienne à laquelle nous
avions eu affaire, les 45 kilomètres qui nous séparaient de
Dijon, pour assister à la bataille qui vraisemblablement serait
livrée sous ses murs. Dans cette occurrence, il fallait se hâter,
sans un instant d'hésitation, pour gagner de vitesse l'ennemi
qui pouvait, en s'étendant de quelques milliers de mètres sur
notre gauche, nous couper les devants. C'est ce que le commandant Kaps résolut de faire, et sur-le-champ nous nous diri-
geâmes sur Dijon.

Cette longue étape à travers Orville, Thil-le-Châtel, Gémeau,
où un poste de gardes nationaux, nous prenant pour l'ennemi,
tira sur notre avant-garde sans l'atteindre, se poursuivit heureusement , et nous arrivâmes vers 9 heures du soir à Norges,
à 7 kilomètres en avant de Dijon. Le commandant pensa
qu'il serait mieux de coucher dans le village que d'arriver
vers minuit à Dijon, probablement encombré de troupes ; il
avait l'intention de se mettre en route le lendemain, dès la
première heure, pour rejoindre l'armée.

On s'installa donc pour la nuit avec ordre d'être sur pied le
lendemain à 5 heures.

Il importait néanmoins d'avertir le quartier-général de notre
retour et de connaître au plus tôt ses instructions. Le capitaine
Boucherie fut expédié dans ce but à Dijon. Tout le monde
dormait, quand il revint au grand galop, vers une heure du
matin, portant l'ordre de nous remettre en route sur-le-champ,
de traverser Dijon, sans nous y arrêter, et de nous rendre à

Beaune. C'était 48 kilomètres à faire. Cet officier nous conta alors tout ce qu'il avait appris sur les derniers événements par l'entourage et de la bouche même du général Sencier.

Comme je l'ai déjà dit, un comité de défense, sous le haut patronage d'un préfet nommé M. d'Azincourt, s'était formé dans la Côte-d'Or, à côté de l'autorité militaire qu'il s'efforçait de paralyser par ordre du ministère. Un médecin, appelé le docteur Lavalle, avait pris la présidence de ce comité en même temps que les fonctions de *général en chef* de toutes les forces réunies à Dijon (30,000 hommes environ): il s'était réveillé un matin homme de guerre.

Fort de la sanction de la délégation de Tours, il avait consulté ses cartes, et s'était aperçu que trois routes venant de l'Est conduisaient à Dijon. Alors il avait placé 10,000 hommes sur celle de gauche, c'était son aile gauche; 10,000 hommes sur celle de droite, c'était son aile droite; 10,000 hommes entre les deux, c'était son centre. Est-il besoin de dire qu'aucune communication n'existait entre ces trois corps d'armée de mobiles dont la plupart étaient munis de mauvais fusils de tous les calibres d'une portée de 2 ou 300 mètres ?

Le général n'en fut pas moins superbe à Talmay, galopant à travers ses lignes, un grand fouet à la main, et ne parlant que d'enlever toutes les positions et toute l'artillerie à la baïonnette.

Malheureusement, on ne gagne pas plus les batailles qu'on ne gouverne les empires avec de grands discours, et le général docteur Lavalle taillé en pièces prit la fuite, pour ne s'arrêter qu'à Beaune, où il fut saisi et traîné en prison, au milieu de l'indignation et des cris de mort de la population exaspérée à bon droit.

Voilà ce qui se racontait à l'hôtel de la *Cloche* à Dijon, au quartier-général du colonel Fauconnet, sous les ordres duquel venait de passer l'armée. Il tenait conseil de guerre, quand le capitaine Boucherie fut introduit. Le colonel entouré des différents chefs de corps résuma la délibération et conclut en disant, que lui, personnellement, serait résolu à défendre la ville jusqu'à la dernière extrémité, qu'il avait fait le sacrifice de sa vie, mais qu'en présence du retard qu'avait mis le comité de défense à fortifier les hauteurs environnantes, il proposait, pour ne pas exposer Dijon aux horreurs d'un bombardement inévitable, de concentrer sans retard toute l'armée à Beaune, à quarante kilomètres au sud.

Cette mesure était devenue nécessaire par suite de la résolution de rendre la ville qu'avait prise, dans la soirée même, le conseil municipal de Dijon.

Arrivé à Beaune, on verrait, selon l'attitude de l'ennemi, le parti qu'il y aurait à prendre : celui d'un retour offensif ou d'un cantonnement fortement retranché pour couvrir le point si important de Chagny.

Son projet fut adopté à l'unanimité et l'ordre de la retraite immédiate sur Beaune fut transmis partout. La générale fut battue au milieu de la nuit à Norges et au village voisin où se trouvait la première compagnie. Beaucoup d'hommes harassés par une marche de 100 kilomètres, faite en 48 heures, s'endormirent d'un sommeil profond.

Ils n'en furent tirés qu'à grand'peine par les habitants du

pays, et ils avaient déjà perdu un temps précieux quand ils purent se mettre en route. Les fatigues des jours précédents et la précipitation du départ furent les causes principales du désordre effroyable de toute l'armée dans cette journée néfaste.

Jamais ce que nous avons vu de Dijon à Beaune le samedi 29 octobre, ne sortira de notre mémoire. Jamais, même dans les plus mauvais jours du grand désastre de l'Est, nous n'avons assisté à un pareil spectacle. Tout le monde évacuait Dijon avec un empressement désordonné. Quand nous le traversâmes, vers trois heures du matin, les habitants eux-mêmes, trouvant que les soldats n'allaient pas assez vite, les encourageaient à évacuer la ville et indiquaient la direction de Beaune, sans attendre qu'on la leur eût demandée.

C'est par cette route que, durant toute la matinée, s'écoula ce flot de 30,000 hommes, qui de tous les confins du département avaient reflué sur Dijon. Leurs longues files se répandaient déjà dans les rues de Beaune, que les derniers traînards, accourant de tous les points de l'horizon, étaient encore à Dijon. Tout était pêle-mêle au milieu de l'obscurité ; on ne distinguait plus ni compagnie, ni escouade ; troupes de ligne, zouaves, mobiles, tout était confondu ; chacun allait au gré de sa fantaisie ou plutôt selon ses forces. Des hommes ivres roulaient sur les cailloux, dans les fossés. Les trains des équipages, arrivant au grand galop, sans crier gare, écrasaient sans merci ceux qui ne se rangeaient point ou les imprudents qui tentaient de se hisser sur ces voitures lancées à toute vitesse. Les figures étaient hâves et flétries ; tous ces hommes s'étaient battus et couraient dans les champs depuis trois jours, sans recevoir de vivres. Les tuniques, les capotes, imprégnées de terre et de boue, ruisselaient encore sous une de ces pluies pénétrantes qui vont aux os et semblent devoir durer toujours. Les auberges, les moindres maisons étaient envahies.... C'était lamentable et écœurant !

Au fur et à mesure de son arrivée à Beaune, cette multitude était dirigée vers la gare. Les différentes compagnies du 4me bataillon de la Loire, purent se réunir assez vite les unes aux autres, et nous fûmes assez heureux pour retrouver, au milieu du chaos, les 5e, 6e et 7e compagnies de notre bataillon qui s'é- taient battues à Saint-Seine.

On nous rangea ainsi sur le quai du chemin de fer, en attendant qu'on pût nous embarquer dans un des nom- breux trains qui s'organisaient devant nous à destination de Lyon.

Il survint, sur ces entrefaites, un télégramme émanant du dé- partement de la guerre, qui enjoignît au colonel de retourner en arrière et de défendre Dijon avec les troupes qu'il jugerait disponibles.

Le colonel Fauconnet, homme d'un grand caractère, joignait à un sentiment élevé de l'honneur un cœur résolu et ferme ; il n'hésita pas un instant et dit que la ville ne serait point prise ou qu'il mourrait. Dijon fut pris et il mourut.

Werder victorieux ne laissa à personne le soin de rendre les derniers honneurs à cet homme vaillant ; il lui fit faire de ma- gnifiques funérailles. Sa musique militaire jouait des marches funèbres et ses troupes nombreuses escortaient le cercueil couvert de fleurs. Tant il est vrai que les grandes actions s'imposent d'elles-mêmes au respect de tous! Tant est minutieux en Prusse, ce soin de faire entrer sous toutes les formes, dans l'esprit de l'armée, l'admiration pour le soldat qui meurt à l'ennemi!

Ce ne fut pas notre destin de combattre sous les murs de Dijon, aux côtés du colonel Fauconnet. Le colonel avait vu le triste état dans lequel se trouvait le bataillon brisé par quatre jours et quatre nuits de marches, avec des armes et des munitions avariées par des pluies torrentielles. Il lui donna donc l'ordre d'aller se reformer à Lyon.

Nous y arrivâmes à l'aube, le dimanche 30 octobre.

IV.

LYON (Sathonay). — **ECULLY**. — **POMARD**.

30 octobre. — 27 décembre.

Pendant que les désastres s'accumulaient chaque jour davantage sur la France, le sentiment révolutionnaire poursuivant à travers les ruines son œuvre infâme érigeait en lois ses horribles doctrines, et la Commune, qui depuis a incendié Paris, se donnait alors à Lyon un libre cours.

Cette ville, dont la partie saine de la population semblait assoupie dans une indifférence égoïste ou était écrasée sous le poids des événements, subissait sans murmurer le joug de la garde nationale et la tyrannie d'un comité de salut public qui rendait, à l'ombre du drapeau rouge, des arrêtés arbitraires et des décrets draconniens.

C'est au milieu de l'épanouissement de cette abominable administration que le 4⁰ bataillon de la Loire débarqua, vers cinq heures du matin, le 30 octobre, à la gare de Vaise.

Il n'y avait là aucun ordre le concernant, et pas de vivres à lui distribuer.

Après une longue et vaine attente, un sentiment d'humanité, partagé en même temps par tous ses officiers, détermina le commandant Kaps à autoriser les hommes à chercher à leurs frais leur nourriture. Ils devaient se réunir à deux heures de l'après-midi sur la place de Perrache.

Cette mesure était souvent nécessaire à une époque où l'intendance ne pouvait parer à tant de complications imprévues. Elle n'était pas nouvelle dans nos annales, puisqu'à notre retour de Gray elle s'était produite à cet endroit même sous les yeux et avec l'approbation du quartier-général.

La déroute de Dijon, qui laissait à peu près ouverte la vallée de la Saône, commençait à être connue par la ville. Cette nouvelle, accompagnée de l'annonce officielle de la capitulation de Metz, exaspérait les esprits et la garde nationale traita en fuyards les soldats venant de la Côte-d'Or. Elle arrêta et emmena prisonniers à la Rotonde tous ceux qu'elle rencontrait cherchant du pain dans la ville. Les officiers informés de cet événement vinrent immédiatement rejoindre leurs hommes. Tout le monde coucha sur la paille. Le lendemain matin on entreprit auprès du quartier-général les démarches nécessaires pour faire connaître la vérité.

Elle éclata d'elle-même, puisque notre commandant avait en sa possession l'ordre du colonel Fauconnet, qui avait enjoint au bureau télégraphique de Beaune de prévenir la place de Lyon de notre retour. La négligence d'un employé avait causé ce regrettable malentendu.

Aussi nous dirigea-t-on, dès le lundi matin, 31 octobre, au camp de Sathonay, où nous suivit l'estime particulière du général Bressolles, commandant la 8e division militaire, qui ne manqua point de nous placer dans son corps d'armée quand le moment fut venu.

L'injustice inouïe, que nous avions éprouvée, n'en fut pas moins vivement ressentie par le bataillon, qui aurait sévèrement traité les émeutiers de la Croix-Rousse, s'il eût marché contre eux, comme à deux reprises successives il fut sur le point d'en recevoir l'ordre.

Cette iniquité eut également pour conséquence le départ du commandant Kaps, qui dut rentrer dans ses foyers emportant avec lui tous nos regrets et toute notre estime.

Ce fut le capitaine Cholat que le général Bressolles mit à notre tête. Ce choix rallia toutes les sympathies, et la façon dont le bataillon fut conduit pendant le reste de la campagne montra qu'il avait été heureux.

Ce fut donc sous les ordres de ce jeune commandant de 24 ans que le 4e bataillon de la Loire commença, à Sathonay, sa forte réorganisation et se prépara aux grandes fatigues qu'il était appelé à supporter pendant la campagne d'hiver.

En arrivant au camp de Sathonay, nous n'avions avec nous qu'une partie du bataillon. Un détachement considérable d'environ 400 hommes avait été séparé de nous et retenu à

Beaune et à Mâcon, par suite du désordre qui régnait alors dans l'armée comme ailleurs.

Ce détachement arriva à Sathonay le 2 novembre, à 9 heures du soir.

Il était parti de Beaune pour Lyon le même jour que nous, le 29 octobre, avant le reste du bataillon. Arrivé à Chalons, il fut renvoyé à Beaune où il arriva à 9 heures du soir, au moment où le bataillon partait.

La ville était tellement encombrée de soldats, que bon nombre de mobiles couchèrent cette nuit à la belle étoile.

Le lendemain, le capitaine de Rochetaillée, qui commandait le détachement, s'en fut à la place trouver le commandant. Il n'y en avait pas. De toute la journée, il ne put rencontrer personne pour lui donner un ordre.

Il télégraphia à Lyon au commandant du bataillon. La réponse arriva le lendemain alors qu'à l'approche de l'ennemi on battait la générale pour avertir tous ceux qui portaient des armes de quitter la ville. Triste manœuvre à laquelle on eut trop souvent recours !

En l'absence du commandant Kaps, c'était M. Cholat qui avait provisoirement le commandement du bataillon, et qui donna ordre à M. de Rochetaillée de revenir à Sathonay sans passer par Lyon dont le parcours offrait des dangers.

Le détachement du bataillon de la Loire fut embarqué le 1er novembre, avec toutes les troupes qui se trouvaient à Beaune et que l'on voulait diriger sur Lyon.

Arrivé à Mâcon le train fut arrêté ; on pensa revenir à Chagny, puis finalement, après beaucoup d'ordres et de contre-ordres, les troupes qu'il contenait furent déposées à Mâcon.

A ce moment, plusieurs bataillons s'embarquaient dans la même gare pour la destination de Chagny que l'on comptait défendre sérieusement.

L'officier qui commandait le détachement de notre bataillon, se rendit à la place ; il rencontra le commandant qui partait pour Chagny, et qui lui dit qu'il faudrait se rendre bientôt à cette destination. Il avait quitté la place et ne pouvait donner d'ordres. Celui qui devait le remplacer n'était pas encore arrivé, tant était grand le désarroi !

Ne sachant à qui s'adresser, le capitaine de Rochetaillée envoya M. Nicolas, lieutenant, à Lyon, pour voir le commandant du bataillon et rapporter quelque ordre précis.

Dès le lendemain matin, M. de Rochetaillée fut à la place pour savoir ce qu'il avait à faire.

Un capitaine de gendarmerie qui remplissait les fonctions de commandant de place, lui annonça qu'il faudrait partir dans la journée pour Chagny.

Sur ces entrefaites, M. Nicolas revint de Lyon, racontant les détails de la triste réception que l'on nous avait faite et apportant l'ordre exprès et écrit de partir le plus tôt possible pour rejoindre le reste du bataillon.

Cet ordre ayant été présenté au commandant de place pour avoir une feuille de route, celui-ci donna un ordre écrit de partir pour Chagny.

On accepta de grand cœur ce contre-ordre. Officiers et mobiles désiraient aller à Chagny afin de pouvoir, en face de l'ennemi, protester contre les infamies dont leurs frères d'armes venaient d'être victimes de la part de la populace lyonnaise.

On attendait l'heure du départ quand de Lyon arriva une nouvelle dépêche qui conférait le commandement du bataillon au capitaine Girardin.

Celui-ci fut trouver de nouveau le commandant de place. Entre eux fut décidé notre retour à Lyon.

A quatre heures du soir, le détachement quittait Mâcon; vers les neuf heures, il arrivait à Sathonay.

Nous eûmes deux jours de repos dans les baraques, après notre arrivée au camp, puis l'ordre nous vint de dresser nos petites tentes et de nous établir à l'extrémité du vaste terrain de manœuvres. C'est là qu'étendus sur un peu de paille, nous passâmes en plein air les nuits d'un automne pluvieux. Les hommes couchaient six, sous la même tente; le capitaine avait la sienne à lui seul, et les officiers de section une pour deux.

Ce régime sévère ne tarda guère à produire les effets qu'on en attendait; dès la première semaine les compagnies envoyèrent six ou huit malades par jour aux hôpitaux. Tous les hommes débiles disparurent petit à petit, et il ne resta plus que les hommes robustes.

On commença également à Sathonay à vivre à *l'ordinaire;* c'est-à-dire que les commandants de compagnie, en outre des rations règlementaires de bois, de café et de pain de munition, reçurent 50 centimes par homme et par jour, avec lesquels ils durent distribuer aux mobiles le sou de poche et pourvoir à leurs deux repas quotidiens. Certes, la somme, pour subvenir à tout, était maigre; cependant ils s'ingénièrent si bien que non-seulement ils satisfirent tout le monde, mais parvinrent encore à amasser assez d'économies pour doter chaque homme d'une gamelle, et les escouades, des brosses et objets nécessaires à l'entretien personnel et au nettoyage des armes. Leurs lieutenants, les secondant de leur mieux, allaient chaque matin chez l'épicier, le boucher et autres marchands de comestibles, attentifs aux pesées, ardents à discuter les prix et à exiger la bonne mesure. Les sergents-majors tinrent les livres et la comptabilité si variée d'une compagnie ; les fourriers firent leurs distributions avec une exactitude et une habileté dignes de leurs camarades des plus vieilles troupes.

Nous menions en plein air une vie bien active ; la Diane alerte sonnait aux premières lueurs du jour, et les huit ou dix mille hommes qui campaient comme nous sortaient des tentes, chacun aux premières notes du refrain de son régiment. A midi, les compagnies commandées et les officiers de service arrivaient pour le défilé de la parade. Les exercices duraient toute l'après-midi, et, quand le soir, à 9 heures 1/2, cet air mélancolique de l'extinction des feux résonnait dans la nuit, bien des hommes dormaient déjà de ce sommeil que procure une saine fatigue.

Assurément, c'est surtout au camp que le militaire se développe et grandit dans le véritable esprit du soldat et de la discipline. Les effets s'en manifestaient chaque jour davantage chez nous, aussi bien dans l'extérieur des hommes que dans leur conduite.

Le terrible hiver que nous devions traverser commençait à se faire sentir. Il contraignit le ministère de la guerre à cantonner toutes les troupes. Le camp de Sathonay, destiné à être brûlé aux approches de l'ennemi, fut évacué.

Le 4e bataillon de la Loire eut pour son lot le bourg d'Ecully, aux portes de Lyon, séjour d'été enchanteur tout parsemé des villas des opulents de la ville.

Nous nous y rendîmes le 22 novembre, en suivant cette route de Fontaine dominant la Saône où le maréchal de Castellane repose à l'ombre des grands peupliers solitaires qu'il a fait planter. Nous traversâmes les méandres abandonnés de l'Ile-Barbe, et partout dans ces environs, si coquets et si pleins d'ordinaire de bruits de fêtes, le danger qu'on redoutait se laissait voir aux murs crénelés et surmontés des sacs de terre destinés à abriter les tirailleurs.

Dès le lendemain de notre arrivée, les exercices commencèrent sur la petite place où s'élève l'église du village et continuèrent régulièrement, quatre heures par jour, quand ils n'étaient pas remplacés par les promenades militaires, pendant lesquelles nous faisions, au milieu des champs, les évolutions de bataillon ordinaires aux troupes manœuvrant en présence de l'ennemi. Assurément, c'est un pareil objectif qu'on a en vue pendant la paix, mais la pensée que ce qu'on fait là aujourd'hui, dans une campagne paisible, sera probablement exécuté dans quelques semaines sous des ondées de mitraille est un stimulant assez fort pour graver en quelques jours, dans l'esprit du soldat, des enseignements qui, en des temps paisibles, exigent de longs mois.

C'est pendant notre séjour à Sathonay et à Ecully que de nombreux vêtements de laine ont été envoyés à nos mobiles.

Plus de quinze cents paires de chaussettes, plus de deux cents gilets de flanelle et caleçons ont été distribués par notre Aumônier à ceux auxquels leurs moyens ne permettaient pas de se procurer ces vêtements indispensables pour résister aux intempéries de la saison.

C'est à la générosité des habitants de Saint-Etienne et surtout des dames de la ville, que nous avons dû de voir notre bataillon traverser, sans trop de pertes, les rigueurs de l'hiver.

Personne ne prévoyait quelle pourrait être la durée de notre séjour, quand le 18 décembre, vers 8 heures du soir, un cuirassier arriva au grand galop portant au commandant l'ordre d'amener immédiatement son bataillon à la gare de Perrache, où un train devait l'emporter à toute vitesse pour se battre, le lendemain matin, près de Beaune.

En une heure, le bataillon était prêt, et nous quittions Ecully au milieu d'une double haie de ses habitants, aux lueurs de leurs torches et emportant de notre séjour chez eux le meilleur souvenir. Nous laissions là nos derniers beaux jours.

La grande ville était endormie, silencieuse, dans une nuit glaciale, quand nous traversâmes Bellecour. Plus d'un parmi nous leva alors les yeux vers les fenêtres de la maison, où se débattait dans les serres de l'agonie, notre pauvre ami Lucien Neyron. Il est mort dans son lit, parlant de batailles dans son délire. C'était un cœur vaillant et bon, qui avait fait ses preuves aux Zouaves Pontificaux et plus récemment devant nous tous à Auvet.

A la gare, on nous apprit peu à peu les détails de cette sanglante bataille de Nuits, où la première Légion du Rhône et les mobiles de la Gironde s'étaient couverts de gloire.

Le jour venait quand nous atteignîmes la station de Beaune pleine de blessés et de litières. Du haut de la voie, on voyait rentrer par groupes épars, des soldats que les péripéties du combat de la veille avaient séparés des leurs. Nous nous attendions à pousser en avant, quand on nous dirigea sur Chagny. Les Prussiens avaient évacué Nuits et s'étaient repliés sur Dijon, emmenant avec eux le prince Guillaume de Bade, grièvement blessé.

Il était important de garder la position de Chagny, seul point de raccordement entre les lignes stratégiques du centre et de l'Est de la France. Le général Crémer, qui commandait à Beaune, reçut l'ordre de défendre ce dernier boulevard des vallées de la Saône. Il masquait ainsi la marche des 100,000 hommes de Bourbaki, qui s'apprêtaient à quitter Bourges pour faire ce grand mouvement tournant qui devint la campagne de l'Est.

Le 4ᵉ bataillon de la Loire fut cantonné à Corpeau, à 4 kilomètres de Chagny, d'où il étendit ses grand'gardes jusqu'à la station de Meursault, extrême limite de nos lignes de ce côté.

Le 22, il participa au mouvement en avant que fit toute l'armée et fut établi, avec le 14ᵉ régiment provisoire (mobiles de l'Yonne), à Pomard. C'est là qu'au milieu d'un froid rigoureux, nous passâmes nos fêtes de Noël, presque en famille chez les bons habitants du pays; notre cœur reconnaissant se plaît à penser que leurs enfants, loin d'eux, ont sans doute reçu ailleurs les mêmes soins que leurs pères nous donnèrent. C'est là aussi que vint nous frapper la terrifiante nouvelle de la mort de notre ami Lucien Neyron. Une messe funèbre fut dite en son honneur par notre Aumônier, dans l'église de Pomard, en présence du bataillon tout entier.

Le 26, à 7 heures du soir, l'ordre vint de se rendre immédiatement à Beaune, à 3 kilomètres de là, pour y recevoir une destination qui serait ultérieurement fixée.

—∿∿—

4

V.

CAMPAGNE DE L'EST. — HÉRICOURT. — SUISSE.

27 décembre 1870. — 2 février.

Je ne puis me défendre d'un frisson en commençant ce récit de la campagne de l'Est. La somme des souffrances qui s'accumulèrent, pendant ce terrible mois de janvier 1871, sur les 130,000 têtes de l'armée de Bourbaki dépasse les limites de la vraisemblance, et ce souvenir évoque chez tous de tristes pensées.

Cette retraite, pour avoir été moins longue et moins glorieuse que celle de Russie, ne s'en écarte guère cependant par ses souffrances et ses conséquences désastreuses.

Dans le courant de septembre de 1870, on avait organisé en avant de Belfort, sous les ordres du général Cambriels, une armée, dite *armée des Vosges*, dont l'objectif paraissait être de reprendre les passages des Vosges et d'intercepter les communications que les armées Allemandes autour de Paris gardaient avec l'Allemagne par Chaumont, Troyes et la Haute-Alsace. La fortune de ces troupes ne fut pas heureuse, et malgré le brillant combat de Châtillon-le-Duc (27 octobre), elles dûrent se replier et abandonner leur projet. On les partagea en deux tronçons : l'un, qui comptait dans son effectif les bataillons de Montbrison et de Roanne, rejoignit l'armée de la Loire ; l'autre fut réuni au corps que Garibaldi commandait aux environs d'Autun.

Plus tard, quand Metz en tombant eut laissé libre le prince Frédéric-Charles et qu'on vit Belfort étroitement bloqué, la vallée de l'Oignon envahie, et les éclaireurs Prussiens arriver sous les murs de Besançon, le ministère de la guerre comprit l'impérieuse nécessité de reprendre la conception abandonnée. M. Gambetta se rendit le 20 décembre à Lyon, et y présida un conseil de guerre, où l'on résolut qu'une armée serait formée des troupes massées entre Bourges et Nevers, et que le général Bourbaki, nommé général en chef, irait dans l'Est avec la plus grande célérité possible manœuvrer de manière à débloquer Belfort et à rejeter l'ennemi sur le Rhin.

Cette armée de l'Est se composa donc des 15e, 18e et 20e corps, auxquels on adjoignit sous la dénomination de 24e corps, toute l'armée de Lyon, dont le général Bressolles garda le commandement. Le 4e bataillon de la Loire fut désigné pour remplir le rôle de *bataillon de chasseurs à pied* de la 3e division (général de Busserolles) du 24e corps, et ce fut pour participer au mouvement projeté qu'il quitta Pomard pour se diriger vers Beaune le 26 décembre au soir.

Aucun d'entre nous ne connaissait le plan de campagne arrêté, et l'on se plaisait à répéter, pendant notre courte étape, qu'on marchait sur Dijon. Beaune étant encombré, nous dûmes passer la nuit dans une des salles d'école de l'Hôtel-de-Ville, assis sur les bancs, et la tête dans les mains.

Aussi avons-nous pu sans retard nous acheminer le lendemain matin vers la gare, où l'on nous installa dans un train, qui bientôt se dirigea sur Besançon. Le mystère qui enveloppait notre destination cessa dès lors, et la grande nouvelle qu'on partait pour l'Est se répandit de bouche en bouche.

Etrange bizarrerie des mœurs françaises ! l'armée, seule peut-être, ignorait le but de sa marche, quand la presse, fidèle à ses habitudes indiscrètes, s'en allait partout discutant les chances de l'expédition, avant même qu'elle ne fût commencée, sans se soucier davantage des renseignements dont l'ennemi devait profiter.

La route fut longue par Chalon-sur-Saône, Bourg, Lons-le-Saulnier, et, le mercredi soir seulement, nous atteignîmes Besançon, après deux jours et une nuit de voyage. Ces trains, qui portaient 130,000 hommes, se suivaient à la file, à quelques centaines de mètres les uns des autres, et leur sécurité exigeait des précautions minutieuses.

Les hommes cependant ne s'embarrassaient guère des accidents possibles, et, malgré une température terrible, remplissaient de chants joyeux l'intérieur des wagons. Chez nous, on discutait, cartes à la main, les opérations futures, auxquelles pourrait bien se livrer cette grande armée dont nous faisions enfin partie, et naturellement les systèmes et les aperçus étaient divers. Les optimistes nous promenaient déjà au milieu du duché de Bade et de ses populations terrifiées ; les autres, plus rebelles à l'illusion, pressentaient quelque désastre comparable aux catastrophes de Sedan et de Metz. Ce furent ceux-là, hélas ! qui eurent raison.

Nous n'entrâmes pas dans Besançon, dont les portes restaient fermées, et, après quarante-huit heures de séjour à Saint-Claude, une partie du bataillon fut cantonnée à Ecole, et l'autre partie à Piré, sur la route de Vesoul.

Ces hauteurs, qui dominent la capitale de la Franche-Comté, étaient bien gardées : aussi loin que la vue pouvait s'étendre, on voyait les cordons de nos sentinelles. Elles circulaient toutes transies, suivant la trace étroite que leurs pieds avaient mis tant de peine à marquer sur ce sol couvert d'un linceul de neige. C'était partout un silence funèbre et la bise glacée, secouant les grands sapins chargés d'un givre épais, ne parvenait même pas à le troubler. Nos reconnaissances partaient avant le jour. On laissait à droite le nid d'aigle de Chatillon-le-Duc, encore rempli des traces du sanglant combat d'octobre ; on poussait en avant de nos vedettes de cavalerie, et on s'assurait, après avoir passé l'Oignon à Vorey, que les Prussiens, qui occupaient Rioz et Eschenoz-le-Sec, n'avaient pas quitté leurs lignes.

Les premiers jours de janvier se passèrent dans ces occupations, et si quelque chose nous rappela à cette époque de l'année le doux *at home* des Anglais, ce fut l'accueil hospitalier que nous donnèrent, dans leur établissement, les Pères missionnaires du diocèse. Personne de nous n'a oublié leur parole attachante et les soirées qui s'écoulaient trop vite, pendant que nous écoutions attentivement les renseignements qu'ils nous donnaient sur les pays que nous aurions à parcourir.

Il n'en fallut pas moins quitter, le 3 janvier, ce séjour regretté. Le 20ᵉ corps avait amené, par sa seule présence, l'évacuation de Dijon et de Gray ; le reste de l'armée était concentré sous Besançon, et le mouvement vers Belfort commençait.

Le 4ᵉ bataillon de la Loire s'en fut coucher à Luzans ; de là, par Villers-Grelot et Luxiol, à Verne. L'ordre d'en partir arriva le samedi, 7 janvier, avant le jour. Il était accompagné d'instructions précises sur la conduite que les officiers avaient à tenir dans les marches, dans les rencontres, dans l'installation des tirailleurs ; tant de soins nous laissaient deviner quelque bataille prochaine.

Depuis notre départ de Besançon, d'ailleurs, nous entendions distinctement les volées de la grosse artillerie qui bombardait Belfort sans relâche, et le son en était encore plus distinct, le 7 au matin, quand toute la 3ᵉ division du 24ᵉ corps se massa dans la plaine, sous le village de Romain, prête à se diriger vers Abbenans et Villersexel.

Nous nous trouvions sur la route de Baume-les-Dames à Rougemont, où nous montions nos grand'gardes, en face de Vergranne. C'est un service pénible, surtout par une nuit d'hiver, que celui des grand'gardes. Une compagnie, quelquefois un bataillon entier, se détache pour s'établir à 3 ou 4 kilomètres en avant. Il reste là en plein champ, attentif à surveiller l'horizon ou à prévenir une surprise de l'ennemi. On relie ces sentinelles avec celles des corps voisins, et de la sorte des étendues de pays se trouvent aussi bien gardées qu'un parc par son mur de clôture. Assurément, quand on se prélasse dans un cantonnement, on fait contre mauvaise fortune bon cœur, et ce tour de service se passe presque sans qu'on y pense, mais jugez de quel air on accueillait l'adjudant-major H. Théolier, quand, après une longue journée de marche, on le voyait venir vous annoncer que, sans perdre de temps, il fallait partir en grand'garde.

A Abbenans, pour la première fois, le système Prussien, servant à l'indication des cantonnements, fut mis en pratique. Les adjudants-majors marquent à la craie, sur les portes des granges et autres abris, que telle compagnie, tel escadron doit y prendre son gîte. La rapidité que les Prussiens mettaient à évacuer le pays facilita partout singulièrement la tâche de ces officiers, qui n'eurent qu'à retoucher les indications allemandes pour avoir leur besogne faite.

Le 8 janvier au matin, la 3e division se rassemblait en toute hâte dans les rues du village d'Abbenans, quand une canonnade très-voisine de nous éclata. C'était le commencement de la bataille de Villersexel. Le 18e et le 20e corps, qui avaient opéré leur jonction, la veille au soir, sur notre gauche, attaquèrent vigoureusement l'ennemi, lui tuèrent un très-grand nombre d'hommes, et firent de nombreux prisonniers. Un demi-régiment Prussien se rendit, dans le parc du château de M. de Grammont, qui fut brûlé entièrement.

Le 4e bataillon de la Loire n'eût aucune part dans cette journée. Notre corps d'armée formait réserve, et il ne donna point. Rangés en bataille, l'arme au pied, à la sortie du village, sur le chemin de Saint-Ferjeux, nous y restâmes, au milieu de la fumée du combat que le vent chassait vers nous. A midi, le mouvement en avant se dessina, et nous prîmes la direction de Fallon, Melecey et Saint-Ferjeux.

La route serpentait à mi-côte des hauteurs boisées sur la gauche desquelles s'étendaient les champs de Villersexel, qu'on apercevait par échappées. Quand nous atteignîmes les mamelons élevés qui abritent Vellechevreux, où nous devions coucher, nous pûmes contempler les dernières convulsions de la bataille : Villersexel, Monnay et Villers étaient en feu ; la nuit tombait et les éclairs des batteries prussiennes, dissimulées dans les bois du Grand-Fougeret, déchiraient l'horizon.

Cette victoire laissa le passage libre aux corps d'armée venant de Dijon, où les troupes de Garibaldi les remplacèrent. Ils passèrent devant notre front sans perdre de temps et prirent dans l'Est la direction de Montbéliard, où ils se battirent jusqu'au jour de la retraite.

Un retour offensif des Prussiens n'en était pas moins à craindre ; les renseignements parvenus au quartier-général du 24e corps le laissaient même supposer, et il importait de le prévenir.

Aussi le jour commençait à peine le lendemain matin, 9 janvier, que le général Bressolles garnissait les hauteurs de ses régiments. Notre bataillon, tète de colonne d'attaque ce jour-là, fut lancé sur le « *Bois de Sénargent* » où l'on supposait que s'abritait l'ennemi. Le bataillon s'ébranla avec entrain, et il disparut résolûment sous les arbres.

Le bois était vide, et nous l'occupâmes dans toute son étendue, postés immobiles sur la lisière, attentifs à sonder la

plaine blanche et les bouquets de bois qui s'étendaient devant nous.

Le commandant avait l'ordre de garder la contrée toute la
nuit et la journée du lendemain, avec recommandation ex-
presse, en cas d'attaque, de s'y défendre jusqu'à la dernière
extrémité.

Une batterie de campagne, soutenue par le 5ᵉ bataillon
de la Loire vint même se poster sur nos derrières, pour
appuyer notre action et incendier la forêt, en cas de retraite.

Les meilleures dispositions étaient prises et l'on se sentait
en sécurité quand la nuit vint avec un froid des plus vifs.
Nous bivouaquions dans la forêt, accroupis en rond autour
de maigres feux, la tête appuyée dans nos mains. De demi-
heure en demi-heure, un officier allait à tour de rôle visiter
et relever les sentinelles.

Au milieu de la nuit, un capitaine des avant-postes arriva
tout courant conter au commandant qu'il voyait s'avancer
une forte colonne ennemie. La nouvelle fut portée au quartier du major-général qui fit mettre sur pied tout le reste de
l'armée et ordonna de placer les batteries en position. Hélas!
ce n'était qu'une fausse alerte, et une vapeur légère avait été
prise pour l'armée allemande.

Le jour reparut, sans qu'un nouvel incident vint troubler
le cours ordinaire des choses, et les hommes durent aux
bons habitants de Sénargent d'être réconfortés par une soupe
bien chaude, qu'ils trouvèrent d'autant meilleure qu'ils avaient
marché deux jours sans manger autre chose que quelques

biscuits. L'intendance commençait à diminuer ses rations et ne pensait à nous qu'à de rares intervalles.

Si tant de précautions prises pour garder Vellechevreux avaient été inutiles, c'est que les Prussiens, avertis de la concentration de toute l'armée, avaient fait un long détour pour gagner Saulnot, Chavanne et Arcey par Etroite-Fontaine, Saint-Georges et la forêt de Grange. On se mit à leur poursuite, et, quand nous fûmes relevés de notre grand'garde le 10, vers deux heures de l'après-midi, nous nous mîmes immédiatement en route pour Crevans, où nous reprîmes haleine jusqu'au 13.

C'était le jour que le général Bourbaki avait désigné au 24ᵉ corps pour déloger l'ennemi de ses nouvelles positions. La série de combats, qui eurent lieu pour atteindre ce but, prit le nom de bataille d'Arcey.

L'attaque, commencée à neuf heures du matin par un soleil splendide et un froid de 20 degrés, embrassait plus de 3 kilomètres d'étendue. L'artillerie résonnait sur toute la ligne ; des nuages de fumée sortaient des bois d'alentour où les batteries se dissimulaient de part et d'autre. Vers midi, la marche en avant commença et les hauteurs de Corcelles et Villers-sous-Saulnot furent successivement emportées. Chavanne est pris à la baïonnette et nous allons coucher le soir même au Vernois.

Triste hameau que cette agglomération de 40 ou 50 maisons envahies par plus de 15,000 hommes et un millier de chevaux, attachés au piquet, immobiles et frissonnants sous un ciel glacé.

Le pain nous manqua totalement dans ces solitudes, où

nous trouvâmes une ambulance prussienne, abandonnée dans la défaite. Spectacle lamentable, que celui d'une ambulance, bien fait pour amoindrir les courages ! Ils étaient là une vingtaine de malheureux étendus sur la paille dans la salle d'école, faisant entendre de douloureux gémissements. J'en vois encore trois du 32ᵉ régiment de Prusse-Rhénanne : L'un, gros garçon joufflu de graisse rose, avec une balle dans les chairs, qui paraissait tout joyeux de voir la guerre enfin finie pour lui à si bon compte. L'autre était brun, les yeux durs, enflammés par la fièvre, comme les pommettes de ses joues; il tenait entre ses deux mains son pauvre genou fracassé, et son esprit était dans l'angoisse, parce qu'on lui avait dit qu'il fallait mourir ou se laisser couper la jambe. Son voisin, homme rabougri et maigre, avec une figure chafouine lui conseillait en mots saccadés de se résoudre à l'opération, pour qu'ils revissent ensemble leur pays; et ce malheureux, nous disait le docteur, avait à peine quelques heures à vivre. Nous pensions, en quittant ce lieu de gémissements et de souffrances, plein des odeurs de l'éther et des médicaments, qu'il vaudrait peut-être mieux, pour nous, tomber morts que d'être ainsi apportés sanglants et brisés aux instruments du chirurgien.

La marche de notre armée depuis Besançon n'avait été qu'une série de combats heureux et de mouvements en avant. On ne restait pas longtemps dans le même cantonnement, et, le 15 janvier, au point du jour, nous quittâmes le Vernois pour gagner, à Aibre, la route de l'Isle-sur-le-Doubs à Héricourt, que la victoire d'Arcey nous avait livrée. C'était un dimanche ;

on entendait les cloches qui sonnaient aux alentours, à une heure sans doute, où loin de nous il y avait bien des êtres chers qui priaient pour les absents.

Nous arrivâmes à Aibre vers neuf heures, et nous reçûmes l'ordre de nous ranger en bataille à droite de la route, à la sortie du village, à quelques centaines de mètres au-dessous d'un grand bois qui nous masquait. Quelques batteries d'artillerie s'engagèrent au galop à travers ce bois, et un instant après leur fumée s'élevait lentement au-dessus des arbres : c'était la bataille d'Héricourt qui commençait et qui devait durer trois jours.

Nous allons, si vous voulez, nous mettre à la suite du bataillon et marcher avec lui pas à pas.

Il resta là, l'arme au pied, près d'une heure, écoutant le tonnerre de l'artillerie, au milieu duquel les pièces d'acier de la 2e légion du Rhône laissaient deviner leurs sons clairs et leurs vibrations pénétrantes ; puis, on nous fit gravir la pente boisée. Nous vîmes des régiments s'avancer à droite et à gauche dans la plaine et les Prussiens évacuer le village de Laire, qui s'étayait en amphithéâtre devant nous.

« Allons, la Loire ! » dit le colonel Valentin, qui commandait la brigade dont nous faisions partie, et nous nous déployâmes en tirailleurs dans les bois qui s'étendaient sur notre droite. Nous battîmes ainsi longtemps la forêt, appuyant tantôt d'un côté, tantôt de l'autre, et quand, au sortir de ces grands bois, nous débouchâmes sur un plateau élevé où était établi le général Comagny avec ses pièces de montagne, nous dominions tout le pays et la bataille apparut dans sa grandeur.

Sur la gauche était Héricourt, adossé à une chaîne de montagnes couronnées de bois et s'étendant à l'est à 10 kilomètres de
là, jusqu'à Montbéliard. La Luzine coule au bas du ravin ; derrière elle, la ligne du chemin de fer de Belfort, parallèle à ces
hauteurs. Les villages de Byans, Tavey, Vyans, Bussurel, Be-
thóncourt parsèment le pays.

C'est sur ces crêtes, derniers contre-forts du plateau de
Belfort, à peine éloigné de 7 ou 8 kilomètres, que le général de
Werder, résolu à se défendre jusqu'à la dernière extrémité,
avait concentré son armée.

Le terrain le favorisait singulièrement, et il profitait avec habileté de tous ces avantages naturels. Sur la pente abrupte
s'étageaient plusieurs batteries, armées de pièces de siége du
plus fort calibre ; le remblai du chemin de fer abritait les tirailleurs qui se trouvaient en parfaite sécurité derrière des mon-
ceaux de rails, disposés avec art.

La ligne de défense se présentait donc formidable. Et c'é-
tait contre elle que le général Bourbaki avait ordonné, depuis
le matin, une attaque générale.

On se figure difficilement une bataille; elle ne paraît être
qu'une série d'actions complexes, d'engagements particuliers
de régiment à régiment, de bataillon à bataillon; mais ces
efforts divers tendent à un but final, qui, une fois atteint,
donne la victoire et livre d'un seul coup au vainqueur des
territoires importants et souvent très-étendus. A ce moment,
le drame se passait devant nous et, pour ainsi dire, sous nos
pieds. La ligne des batteries ennemies se dessinait tantôt en
vifs éclairs, tantôt en tourbillons de fumée. Au dessous de

nous, une fière ligne de tirailleurs s'avançait fermement, aussi solide que les plus vieilles troupes, contre le village de Vyans, et l'on voyait tomber ceux qui étaient atteints. La fusillade crépitait partout sans relâche, dans les bouquets de bois, sur les chemins, dans les moindres replis de terrain qui rompaient la monotonie de ces plaines uniformément blanches. Ainsi furent pris Vyans et Bussurel. L'ennemi courut se réfugier derrière le rempart du chemin de fer.

A ce moment sur la hauteur en face de nous, une batterie Prussienne sortit du bois et se mit en position, en un clin d'œil. Elle commença à tirer sur Bussurel, sur Vyans et sur l'État-major du général. Pour attirer de notre côté son feu, on nous fit appuyer à 400 mètres à gauche et placer bien en vue.

Son pointage ne changea pas de direction, et ses obus, passant tout près de nous, allaient éclater à notre droite.

Nous restâmes ainsi à contempler notre batterie voisine échangeant, non sans succès, ses boulets avec la batterie Prussienne, jusqu'à ce que la nuit fût venue. On nous fit alors rentrer sous bois pendant que quelques coups de canon retentissaient encore, dominés dans le lointain par la grande voix des pièces qui bombardaient Belfort. Ses héroïques défenseurs, émus depuis le matin par les rumeurs de la bataille, escaladaient les hauteurs et se demandaient si le jour de la délivrance n'allait pas enfin sonner pour eux.

. L'armée toute entière bivouaqua dans la forêt qui se trouvait derrière elle, et la nécessité nous enseigna comment il convient de s'installer pour passer en plein air une nuit de 18 à 20 degrés de froid, au milieu d'une couche de deux pieds de neige. On fait, à ciel ouvert, une enceinte avec les toiles des tentes ; on coupe quelques branchages et on s'accroupit en rond bien serrés les uns contre les autres autour d'un feu de bois vert. On dort ainsi les coudes sur les genoux et la tête dans les mains, quand les fusillades des reconnaissances ne viennent pas vous réveiller en sursaut.

Les premières lueurs du lundi, 16 janvier, perçaient à peine à travers les branches, que la bataille recommençait à l'extrême droite ; la canonnade éclatait du côté de Montbéliard, et se propageait rapidement jusqu'à Héricourt. On nous fit porter à l'endroit que nous avions quitté le soir, et nous vîmes recommencer le combat d'artillerie de la veille. Les Prussiens avaient travaillé toute la nuit à couvrir d'ouvrages en terre la batterie que nous avions vu installer le 15 ; celle que nous soutenions, trouvant que ces premiers coups n'avaient pas assez d'efficacité, s'avança de 500 mètres. En cinq minutes, elle fut pulvérisée, et nous reçûmes l'ordre d'aller « où l'on se battait », au village de Tavey, presqu'aux portes d'Héricourt.

Après quelques détours nous arrivâmes aux confins du bois vers un grand verger entrecoupé de petits murs, à 800 mètres du village. La 3ᵉ compagnie se déploya immédiatement en tirailleurs et soutint un feu très-vif pendant une demi-heure. L'ennemi, embusqué dans le clocher et les maisons, était invisible. Il tirait posément et bien à hauteur. Nous restâmes ainsi à attendre qu'un mouvement qui se faisait sur notre gauche eut réussi ; sur ces entrefaites, les bataillons du Var, qui devinrent depuis légendaires dans l'armée, se replièrent sans ordre. A ce moment alors, plusieurs de nos capitaines portèrent leurs compagnies en avant.

Ce mouvement fut le signal d'une fusillade épouvantable et ce ne fut pas sans peine qu'on parvint à faire cesser le feu et à reformer les compagnies. Une dernière balle ennemie atteignit alors, entre les deux épaules, notre camarade, le lieutenant Deville qui se trouvait sur le front de sa section, faisant face à ses hommes. Il tomba à la renverse, et dit en souriant : « Ce n'est pas celle là qui me tuera. » On le porta, dans une toile de tente, à l'ambulance de Laire, où il mourut en arrivant. C'est dans le cimetière de ce petit village qu'il repose. Puisse le bon souvenir que nous avons tous gardé de lui alléger un peu le chagrin que les siens doivent ressentir de sa mort !

Le défaut d'ensemble, qui a causé peut-être la perte de la bataille, éclatait aux yeux de tous ; les ordres se contredisaient ou s'égaraient en chemin. On nous fit abandonner l'attaque de Tavcy et regagner le plateau où se tenait le général de Busserolles.

Le jour était à son déclin ; on n'entendait plus que le fourmillement des troupes qui occupaient la forêt et le bruit des roues de notre artillerie qui se retirait poursuivie jusque dans les bois par les obus Prussiens. L'ennemi avait relevé sur ses cartes cette route sinueuse et telle était la justesse de ses calculs et de son tir que ses projectiles, tirés au jugé pour ainsi dire, éclataient toujours sur nous ou très-près de nous.

Cette seconde journée n'avait pas eu les résultats de la

première, qui nous avait donné Montbéliard, à l'exception du château, et quelques villages voisins d'Héricourt. Peut-être eût-il été possible, la veille, de prendre d'assaut ces deux clefs de Belfort, si on eût continué sans trêve la nuit ce qui avait été si heureusement mené de jour. L'enthousiasme qui était monté à un haut degré le 15, diminuait visiblement le 16 au soir, et le découragement, produit à la fois par ces fatigues de trente six heures par un dénuement presque complet et par la rigueur de la saison, commençait à s'étendre sur l'armée.

Nous nous communiquions ces tristes pensées, quand on nous dirigea sur Vyans à 2 kilomètres de là, pour y rester en grand'garde.

Le village était désolé ; 500 morts remplissaient le temple protestant et les habitants, épouvantés par le bombardement qu'ils avaient subi sous nos yeux la veille, osaient à peine entr'ouvrir leurs maisons. On forma donc les faisceaux dans la rue et le commandant détacha une compagnie qui dut occuper, à dix minutes de là, le village de Bussurel, à une demi-portée de fusil des avant-postes Prussiens.

La 2e, la 3e et la 4e y restèrent successivement, par un froid intense au milieu des morts qui gisaient là depuis deux jours, pendant que l'incendie consumait une partie du village.

Il ne vint pas en idée aux reconnaissances ennemies de tourner leurs pas de nos côtés, et la nuit s'étant passée sans incident, nous pûmes le mardi 17, vers 4 heures du matin, prendre position au-dessus de Vyans.

On tirait quelques coups de canon du côté de Montbéliard, mais l'action ne s'engagea point chez nous et, vers 10 heures,

5

on nous dirigea par un long détour aux portes d'Héricourt.

Il y avait là une sorte de prairie circulaire, bordée de bois, où l'on nous plaça en face de l'ennemi qu'on voyait circuler derrière les arbres. Pendant toute la journée, chacun resta de part et d'autre à son poste; nous ne tirâmes pas une seule cartouche, et nous laissâmes, sans riposter, les Prussiens nous envoyer leurs balles. A un certain moment, un tirailleur Prussien, apercevant notre commandant qui faisait une ronde, quitta l'arbre où il s'appuyait, mit un genoux en terre, et l'ajusta posément. La balle passa au milieu d'un groupe qui entourait le commandant, sans toucher personne, et au même instant cinq ou six obus vinrent coup sur coup faire jaillir la terre et briser mille branches autour de nous.

Tout ce fracas resta sans suite, et, la nuit venue, nous nous reculâmes d'environ de 300 mètres pour installer notre bivouac.

Nos feux commençaient à flamber quand un officier d'état-major vint du grand quartier général, annoncer à notre commandant qu'il eut à tenir son monde sous la main, parce que l'assaut devait être donné cette nuit même à Héricourt et que son bataillon serait tête de colonne d'attaque : c'était un arrêt de mort pour les deux tiers d'entre nous.

Si nous éprouvâmes un léger frisson à cette nouvelle, il ne fut pas de longue durée, car, grâce à la jeunesse, les causeries plaisantes reprirent bientôt leur cours, et sans être ni Alexandre, ni le grand Condé, nous dormions tous profondément au bout d'une heure, tant est impérieux le sommeil après trois journées et trois nuits de fatigue. Au milieu de la nuit, on vint nous annoncer que le mouvement projeté n'aurait pas lieu.

Le lendemain,18 janvier, le calme était complet. Nous fûmes préposés à la garde du bois du Chanois, à cheval sur la route départementale de Montbéliard à Héricourt. Le bois se termine par un escarpement au pied duquel coule la Luzine, qui séparait les deux armées. Une moitié du bataillon fut placée en tirailleurs sur la lisière, l'autre moitié en soutien sur la route : la 2º compagnie à l'extrême droite, du côté de Vyans, puis la 3ª, la 4ᵉ et les 5ᵉ, 6ᵉ, 7ᵉ.

Nous nous trouvions à 150 mètres à peine des postes Prussiens ; on entendait leurs voix, on distinguait leurs moindres gestes. Nous avions ordre de ne tirer que s'ils s'aventuraient à passer le ruisseau : ils auraient été à bout portant. Vers deux heures le commandant Cholat fut mandé au quartier général et quand il revint une heure après, il apporta de tristes nouvelles. Les efforts de Bourbaki, paralysés à la fois par l'inclémence du temps, le désordre des intendances et le manque de munitions, étaient restés infructueux et ne devaient pas être continués. De plus, le général de Manteuffel, après avoir réussi, avec ses colonnes mobiles occupant Garibaldi sous les murs de Dijon, à faire glisser derrière ce rideau toute son armée, nous avait en partie tournés et menaçait de nous couper toute retraite.

Dans cette occurrence, l'armée de l'Est tout entière devait commencer son mouvement en arrière le soir même, et il était enjoint au 4ᵉ bataillon de la Loire de tenir, lui tout seul et dernier, dans son poste avancé jusqu'au lendemain matin et de se faire exterminer en cas d'attaque.

Au jour seulement, après avoir eu soin d'envoyer quelques

hommes par compagnie allumer et entretenir les feux, dans les
positions qu'était censée occuper l'armée française, il essaierait,
à la grâce de Dieu, de rejoindre sa division à Faimbe.

Ce fut donc le 18 janvier, à huit heures du soir, que commença, dans le plus grand silence, cette lamentable retraite de
l'Est, et ce sera l'éternel honneur de notre bataillon d'avoir été
choisi pour la couvrir et la protéger au besoin.

Ainsi se termina la bataille d'Héricourt, qui avait duré trois
jours 15, 16 et 17 janvier, avec des chances diverses. Elle met-
tait fin à cette marche en avant sur Belfort et les Vosges, com-
binée avec tant de soins, annoncée avec trop de fracas et
sur laquelle on fondait de si sérieuses espérances. De cette
armée de 130,000 hommes, il en restait à peine 90,000,
exténués, par quatre jours et trois nuits de combat, au milieu
d'un froid sibérien, sans sommeil et sans autre nourriture que
quelques biscuits et des débris de lard. Et cependant il régnait
encore partout un souffle d'abnégation, de sacrifice et de renon-
cement de soi-même qui, en se propageant dans les masses,
réchauffait les cœurs et enflammait les courages.

Pendant toute la nuit du 18, le 4ᵉ bataillon de la Loire resta
donc seul en face de toute l'armée de Werder, et chacun avait
l'œil ouvert. La précaution était sage, car, vers une heure du
matin, une reconnaissance Prussienne débouchait à notre gauche, en poussant au milieu de la fusillade ses sauvages hur-
rahs. Vigoureusement reçue par les 5ᵉ, 6ᵉ et 7ᵉ compagnies,
elle se vit obligée, après un court engagement, de rentrer dans
ses lignes.

A 5 heures du matin, conduits par un guide du pays,

nous partîmes sans bruit en prenant par les plateaux la direction de Rainans. Fort heureusement, il tombait une neige épaisse, dont les tourbillons favorisaient notre retraite et couvraient d'un blanc linceul tous les débris de la bataille. Ces lieux, qui avaient retenti, trois jours durant, des clameurs d'une armée de plus de 100,000 hommes, et de la grande voix de l'artillerie, restaient maintenant silencieux et déserts.

Que faut-il croire de ce qui a été affirmé depuis, que l'ennemi avait de son côté tout préparé pour son départ, et que le général Bourbaki aurait trouvé la route de Belfort libre, s'il eût attendu le soir du 19 janvier?... Ce qui est vrai, c'est que Werder, averti sur-le-champ du mouvement de l'armée française, se mit à sa poursuite, et que des chasseurs à pied, qui voulurent prendre un peu de repos à Sainte-Marie, pendant la retraite furent atteints et faits prisonniers par les avant-gardes Prussiennes.

Le 19 au soir, après une marche de 10 heures à travers Rainans, Saint-Julien, Sainte-Marie et Montenois, nous rejoignîmes notre division à Faimbe, où nous couchâmes. C'est là qu'on put voir ce que le froid et la fatigue avaient fait des pieds et des jambes de tant de milliers d'hommes. Il n'en fallut pas moins repartir à 4 heures du matin et pendant cette journée du 20, nous marchâmes en déroute, c'est-à-dire que la cohésion, qui seule fait la force d'une armée, n'existant plus, on s'efforçait d'échapper à l'ennemi, tant bien que mal, par des marches forcées de jour et de nuit.

C'est dans ces conditions que le 24ᵉ corps arriva à Clerval le 20, vers 3 heures du soir, après avoir traversé Geney, Soye et Fontaine.

Il fut échelonné, pendant que le reste de l'armée gagnait les abords de Besançon sur la route de Clerval à Pont-de-Roide, et chargé de garder ainsi le Lomont, plateau étendu et élevé, qui couvre au nord-est la capitale de la Franche-Comté. Nous passâmes deux jours au petit village de Lantenans, en compagnie de la 1re légion du Rhône.

Mais le succès avait rendu tous ses moyens à l'ennemi, et il continua à nous poursuivre sans merci. Le 24e corps, repoussé à Blamont et à Pont-le-Roide, débordé sur sa gauche à Clerval, sur le point d'être percé au centre, dut s'engager, le 22 au soir, dans les défilés tortueux du Lomont. On s'avançait au milieu de la nuit, sur ces lieux élevés, où de violentes rafales cinglaient les visages ; nos dents claquaient de fièvre et la fatigue était si grande, qu'en se sentant les coudes les uns aux autres on pouvait sommeiller en marchant.

Après 14 heures d'une pareille étape, nous pûmes nous reposer jusqu'au lendemain matin à Rendevillers. La journée et la nuit du 24 se passèrent en grand'garde, sur les territoires du grand et du petit Crosey. Et quand nous partîmes le 25, pour gagner Pontarlier, des uhlans nous regardaient escalader les hauteurs d'Ouvans, n'étant éloignés de nous qu'à une portée de fusil, tant ils nous suivaient de près.

Un ordre du général nous arrêta dans ce village, et enjoignit à la 3e division de regagner, par le bois du Barbot, la route de Besançon. L'ennemi nous attendait à Passavant ; nous nous arrêtâmes à 2 kilomètres de là à Vandrivillers pour lui livrer bataille le lendemain.

Les hommes dormaient assez chaudement abrités dans des

granges, et nous étions tous étendus nous-mêmes sur le plancher d'une maison abandonnée pendant que les 3ᵉ et 4ᵉ compagnies gardaient le parc de l'artillerie, quand on s'aperçut heureusement que l'ennemi, se glissant, à pas de loup, sur le tertre à pic dominant le village, y traînait ses canons pour nous mitrailler avant notre réveil. Il était onze heures du soir, mais le général de Busserolles n'hésita pas à prendre la route qu'on lui avait indiquée en cas de revers. Il s'agissait de gagner Pontarlier, autant que possible par Pierrefontaine.

La 3ᵉ division s'ébranla dans le plus grand silence, et notre bataillon eut la mission de prendre l'avant-garde et d'éclairer la route. Il fallait atteindre Ouvans par cette gorge du Barbot, qui avait été indiquée au commandant comme très-suspecte. Un moment, nous crûmes que ces prévisions allaient se réaliser : quatre chasseurs nous précédaient, le pistolet au poing, à une centaine de mètres, quand, tout-à-coup, plusieurs coups de feu éclatent, et, à la clarté un peu terne de la lune, nous les voyons revenir sur nous, affolés, galopant dans la clairière comme des fantômes de ballade pour finir par rouler dans un ravin qui était là. Ce n'était qu'une fausse alerte, et ces malheureux avaient pris des arbres pour des sentinelles. Nous traversâmes, sans encombre, ce passage dangereux pour prendre, par des chemins de chevriers, la direction de Pierrefontaine.

Cette nuit si froide du 25 janvier, bientôt obscurcie par des tourbillons de neige, restera dans nos mémoires comme une sorte de rêve fantastique. La longue colonne de nos bataillons et de notre artillerie gagnait en tournant les hauteurs d'un plateau désolé où tout se nivelait sous une couche épaisse de neige. On enfonçait jusqu'aux genoux, et les chevaux, couverts de glaçons, tiraient en soufflant leurs lourds canons. Ces hommes, dont un grand nombre avait les pieds gelés, allanguis par les privations et la dyssenterie, se soutenaient sans mot dire. On n'entendait pas une voix, pas un son.

On atteignit enfin Pierrefontaine, vers dix heures du matin pour en repartir à midi et coucher à Orchamps, où le bataillon monta sa dernière grand'garde.

Nous avions marché 20 heures, et cependant avec l'aube du 27, nous nous mettions en route et nous déjeunions à Morteau. Cette heure fut une heure de bien-être pour tous. Depuis près d'un mois, on avait vécu loin des hommes, au milieu des camps ou dans de pauvres hameaux perdus, et on se retrouvait dans une grande ville, avec la certitude enfin d'atteindre Pontarlier. C'est à Morteau que commence la vallée du Doubs, si connue des touristes, et ce fut une étape charmante de 14 kilomètres que nous fîmes jusqu'à Mont-Benoit, où nous nous arrêtâmes le 27 au soir. La route suit pas à pas la rivière, encaissée entre le Jura Helvétique et les flancs d'un ravin couvert d'immenses sapins.

Il n'était pas encore midi le lendemain 28, que nous étions aux portes de Pontarlier. Nous arrivions avec la pensée d'y rallier notre corps, et nous y trouvâmes l'armée tout entière, un désordre immense et l'annonce de la triste vérité.

Aussitôt que M. de Moltke avait été instruit, à la fin de décembre, du transport à Besançon des troupes Françaises échelonnées entre Nevers et Bourges, il avait rassemblé sous le commandement du général de Manteuffel, rappelé du Nord, une armée de 70,000 hommes, pour aller au secours de Werder, qui ne disposait que de 30,000 hommes.

Cette expédition hardie était grosse de périls ; car Bourbaki avait six jours d'avance, et, s'il parvenait à écraser Werder, Manteuffel devait se trouver pris, entre l'armée de Garibaldi, qui occupait Dijon, et les troupes de Bourbaki rendues dès-lors plus dangereuses par leur victoire.

Malheureusement, l'intendance, dit-on, et la rigueur du temps empêchèrent que cette avance précieuse fut conservée, et Werder en profita si habilement pour rallier ses divisions et se retrancher fortement entre Héricourt et Montbéliard, qu'il rendit infructueux tous nos efforts pendant les journées des 15, 16 et 17 janvier.

D'un autre côté, si l'intervention tardive de Manteuffel n'avait été d'abord d'aucune utilité à Werder, elle menaçait maintenant du plus complet désastre l'armée de l'Est, car le général Prussien, après avoir, comme nous l'avons vu, tenu Garibaldi en échec au moyen de ses colonnes mobiles, s'était emparé de Dôle, et le gros de son armée occupait successivement Mont-sur-Vaud, Arbois et Mouchard.

Toutes les routes de Lyon étaient coupées ; à peine Bourbaki pouvait-il espérer d'atteindre cette ville à travers les montagnes du Jura, contre lequel les Prussiens nous poussaient encore de tout leur poids. Alors, prévoyant un grand désastre, il fut découragé et en vint au suicide.

Voilà ce que nous apprîmes à Pontarlier en même temps que la nomination du général Clinchant au commandement en chef.

Ce jour là même, le nouveau général massa toute son armée aux environs de Pontarlier. Le 20e corps, réduit à deux divisions (la 3e ayant été laissée avec le général de Polignac à Besançon, pour renforcer la garnison), fut échelonné sur la route directe de Pontarlier à Champagnole ; le 18e corps avait occupé au N. E. et au N. O. les villages de Doubs, Arçon et Dommartin, enfin, le nôtre, le 24e, qui arrivait du Lomont à travers les péripéties qu'on vient de voir, dut se répandre sur la rive gauche du Doubs, jusqu'à Mouthe.

Notre colonne quitta donc Pontarlier dans l'après-midi du 28, et nous suivîmes la route des Verrières, pleine de voitures, de caissons, de traîneaux, et de curieux Suisses accourus de leur pays paisible pour voir, de leurs yeux, le grand tumulte de la guerre et ces soldats déjà fameux par les souffrances qu'ils avaient endurées. Nous couchâmes à Bluse, sous le fort de Joux, cette ancienne prison de Mirabeau et de Toussaint-Louverture.

Le lendemain, dès 4 heures, nous nous dirigions vers Saint-Claude, quand on nous arrêta à Labergement, une lieue en avant de Mouthe. L'armistice était signé, disait-on ; les maires des villages corroboraient ces bruits, et le général en chef, y croyant lui-même, suspendit son mouvement. Nous étions dans cette sorte de *statu quo* semi-officiel, s'il est permis de se servir ici d'une semblable expression, quand, le 31 soir, une fusillade assez vive se fit entendre sur la droite ; on nous mit en position sur les hauteurs qui dominent le hameau des Granges-Sainte-Marie, pour arrêter l'ennemi qui débouchait par les Grangettes et le lac de Saint-Point. Il était nuit noire, et nous restâmes à cet endroit jusqu'au moment où nous prîmes rang dans la colonne qui longeait la Suisse, aux frontières de laquelle on essayait de se tenir. Nous arrivâmes à onze heures du soir aux Hôpitaux-Neufs.

Il y avait déjà dans ce petit village au moins deux mille hommes, et nous aurions eu de la peine à trouver un abri, si le bon curé de l'endroit n'eût mis son église et son presbytère à la disposition de tous. Plus de cinquante officiers recevaient chez lui l'hospitalité. Nous trouvâmes parmi eux le général Martinez, qui avait présidé à notre formation et qu'une singulière coïncidence, à cinq mois d'intervalle, rendait témoin de nos derniers pas. Il nous annonça lui-même que, par suite d'une convention régulière, toute l'armée de l'Est entrait en Suisse.

Voici ce qui s'était passé : Le général Clinchant commençait à organiser le cantonnement de ses troupes pour l'armistice qui venait d'être signée ; Manteuffel, avant de lui notifier que l'armée de l'Est était exclue des bénéfices du traité et que son intention était de poursuivre les hostilités avec la plus grande vigueur, avait attendu 48 heures, temps qui lui était nécessaire pour nous couper la route de Gex à Lyon, la seule qui nous restait pour la retraite.

Il n'était pas possible au général français, après un pareil acte de mauvaise foi et en présence du désarroi extrême dans lequel se trouvaient ses troupes, de songer un instant à opposer une résistance sérieuse. Il prit la résolution de demander asile au gouvernement Helvétique et lança la proclamation suivante :

« Soldats de l'armée de l'Est,

« Il y a peu d'heures encore, j'avais l'espoir, j'avais même la certitude de vous conserver à la défense nationale. Notre passage jusqu'à Lyon était assuré à travers les montagnes du Jura. Une fatale erreur nous a fait une situation dont je ne veux pas vous laisser ignorer la gravité.

« Tandis que notre croyance en l'armistice, qui nous avait été notifiée et confirmée à plusieurs reprises par notre gouvernement, nous commandait l'immobilité, les colonnes ennemies continuaient leur marche, s'emparaient de défilés déjà entre nos mains et coupaient ainsi nos lignes de retraite.

« Il est trop tard aujourd'hui pour accomplir l'œuvre interrompue ; nous sommes entourés par des forces supérieures, mais je ne veux livrer à la Prusse ni un homme, ni un canon. Nous irons demander à la neutralité Suisse l'abri de son pavillon, mais je compte dans cette retraite vers la frontière sur un effort suprême de votre part. Défendons pied à pied les derniers échelons de nos montagnes, protégeons le défilé de notre artillerie, et ne nous retirons sur un sol hospitalier qu'après avoir sauvé notre matériel, nos munitions et nos canons. Soldats, je compte sur votre énergie et votre ténacité ; il faut que la patrie sache bien que nous avons tous fait notre devoir jusqu'au bout, et que nous ne déposons nos armes que devant la fatalité.

« Pontarlier, 31 janvier 1871.

« CLINCHANT. »

Le général se rendit alors à la partie française du village des Verrières et expédia un aide-de-camp de l'autre côté de la frontière au généralissime de l'armée Helvétique, Hantz Herzog; et c'est là, vers quatre heures du matin, dans la nuit du 31 janvier au 1ᵉʳ février, que la convention qui nous arrachait à l'ennemi fut écrite et signée.

Il fut stipulé que l'armée française déposerait, en entrant sur le territoire Suisse, ses armes, équipements et munitions, qui seraient restitués après la paix et le remboursement des dépenses, — que les chevaux, *armes* et effets des officiers, seraient laissés à leur disposition, — que des instructions ultérieures seraient données à l'égard des chevaux de troupe, — que les voitures de vivres et de bagages, après avoir déposé leur contenu, retourneraient immédiatement en France avec leurs conducteurs et leurs chevaux, — que la Confédération garderait jusqu'au règlement des comptes les voitures du Trésor, des postes et l'artillerie, — qu'elle se réservait la désignation des lieux d'internement et les prescriptions de détail destinées à compléter la convention...

Ce fait accompli, la nouvelle en fut aussitôt répandue dans le camp. On annonça que le passage était libre, et les troupes s'ébranlèrent.

Le général Billot eut la belle mission de protéger la retraite, et, au col de la Cluze, près du chemin de fer, on se fusilla à vingt pas. Le 29ᵉ de *marche*, l'infanterie légère d'Afrique, les marins, comme partout, s'y couvrirent de gloire et essuyèrent des pertes cruelles. Grâce à leur dévouement héroïque, aussi noble que celui des cuirassiers de

Reischoffen, l'armée épuisée put enfin gagner la terre hospitalière de la Suisse.

Ainsi finit la campagne de l'Est, ainsi disparut cette armée amenée à grands frais dans ces pays désolés, et rien ne fut médiocre dans ce grand désastre, ni les souffrances de ceux qui firent la campagne, ni la charité de ceux qui les recueillirent.

Le 4ᵉ bataillon de la Loire quitta, le 1ᵉʳ février, vers deux heures de l'après-midi, les Hôpitaux-Neufs pour se diriger vers Jougne. Aux dernières heures de cette sombre retraite l'abattement, que ne contrebalançait plus la volonté d'échapper à l'ennemi, semblait serrer avec plus de force le cœur de ceux que tant de fatigues et de douleurs avaient rendus indifférents, même à leur propre salut. On marchait pêle-mêle, entre deux murs de neige, en se faufilant au milieu des canons et des charriots qui encombraient la voie. Chacun était morne et muet. Et ces pauvres chevaux, comme ils faisaient pitié! La plupart, depuis plusieurs jours, étaient restés constamment attelés sans repos, ni nourriture : ils s'en allaient amaigris, la tête pendante, s'arrachant l'un l'autre avec leurs dents les crins de leurs queues, qu'ils dévoraient quand ils ne pouvaient pas ronger l'écorce des arbres ou l'affût des canons. Ils avançaient toujours avec courage, jusqu'au moment où leurs forces les abandonnant ils tombaient d'épuisement. On enlevait leurs traits devenus trop lâches sur leurs grands corps maigres et on les laissait périr sur le bord de la route. Il y en avait ainsi des centaines depuis Héricourt jusqu'en Suisse, tous morts ou mourants. Vers la fin de la retraite, les chevaux manquaient tellement à l'artillerie, que l'on dut jeter dans les ravins un certain nombre de pièces de canon, pour ne pas les laisser à l'ennemi.

Les hommes étaient trop épuisés de fatigue pour songer à épargner à ces pauvres bêtes tant de souffrances. Qui pourra jamais oublier les figures de tant de jeunes gens accablés de maladies ? Leurs yeux étaient ternes, leurs traits amaigris ; ils marchaient en sabots, en pantoufles, beaucoup nu-pieds, se suivant les uns les autres indifférents à la vie, indifférents à la mort.

Ce soir-là (mercredi 1er février), nous avons couché *aux Fours de Jougne*, au fond d'un ravin, dans la vaste usine de M. Vendel, maître de forges, que nous quittâmes le lendemain à dix heures.

On se réunit sous les armes en bon ordre, et, le commandant en tête, les officiers à leur poste, nous marchâmes vers la Suisse (jeudi 2 février).

Après un quart d'heure de route, nous fûmes arrêtés par une compagnie de soldats aux uniformes inconnus : nous venions de passer la frontière.

Plus de 10,000 hommes nous avaient précédés : il y avait des deux côtés de la route des fusils et des sabres, qui formaient un épaulement d'un mètre. C'est sur cet amas funèbre, qu'on déposa son chassepot, sa baïonnette et ses cartouches ; et nous continuâmes notre route pour gagner la ville d'Orbe.

Le souffle de quiétude et de paix, qui régnait dans ce beau

pays envahissait peu à peu nos âmes habituées depuis près de six mois aux agitations et aux souffrances de la guerre.

Rien ne pourra nous faire oublier l'hospitalité si douce de cette Helvétie qui nous a accueillis avec tant de cordialité : nos familles n'auraient pas fait mieux.

Tous les visages que nous rencontrions étaient bienveillants : on venait à nous les bras ouverts, les mains pleines. Il y avait là des boissons chaudes, du pain, des cigares, que nous regardions avec des yeux avides. Hommes, femmes, jeunes gens de toutes les classes couraient au-devant des soldats français. Quelquefois on distinguait, parmi eux, des figures plus mélancoliques; c'étaient de nos réfugiés qui contemplaient, en larmes, les derniers débris de leur patrie agonisante.

Les églises, les maisons particulières étaient transformées en dortoirs et en ambulances, et toutes les femmes du monde s'y précipitaient pour devenir sœurs de charité. On a pu voir une patricienne, agenouillée devant un soldat, et de ses mains blanches essuyer ses pieds gelés et sanglants. A Lucerne, plus tard une princesse, appartenant par son alliance à la maison de Habsbourg, allait chaque matin visiter les soldats. Tout ce que ceux-ci désiraient leur était sur l'heure accordé. On découvrait pour eux le monument du Lion, symbole d'un dévouement à jamais mémorable, on leur montrait les environs, on frètait des bateaux pour les promener sur le beau lac.

Pendant tout le temps que dura l'internement, la Suisse toute entière ne fut occupée que de ses internés. Obligée d'emprunter, pour faire honneur à son vieux renom d'hospitalité, elle

demanda quinze millions et en vit souscrire cent six mille le
même jour. Elle enseigna l'alphabet aux ignorants; elle établit
des conférences sur toutes choses pour ceux qui voulaient
s'instruire; enfin, elle nous rendit aux nôtres, guéris et con-
solés, autant que nous pouvions l'être.

Le 4ᵉ bataillon de la Loire eut une grande part dans cette
hospitalité si généreuse. En arrivant à Orbe, le 2 février au
soir, il fut envoyé à 4 ou 5 kilomètres de là, au village de
Chavorney, qu'il eut pour lui tout seul.

Tous les fours s'allumèrent, toutes les maisons se réjoui-
rent. Le lendemain à l'aube, précédé d'un piquet de quatre
hommes seulement, le bataillon partit en bon ordre pour
Lausanne.

On nous regardait avec des yeux curieux et pleins de pitié
dans les hameaux que nous traversions; car les vieillards,
pas plus que les petits enfants, n'avaient encore vu des figures
aussi ternes et des corps aussi brisés. Un brillant soleil éclai-
rait le pays et, dès ce jour, le temps nous fut propice. Un
printemps précoce et doux fit bientôt reverdir la campagne :
il resta notre compagnon pendant tout le reste de notre internement, et ses premières chaleurs, quand nous arrivâmes à
Lausanne, le 3 février, avaient assez fondu la neige pour nous
laisser voir la terre, qu'elle cachait à nos yeux depuis près
de deux mois.

C'est à Lausanne que les officiers, par ordre et bien à regret,
durent se séparer de leurs hommes. Ceux-ci furent répartis
parmi deux ou trois des 175 dépôts que les autorités suisses
avaient pour recevoir 2.110 officiers et les 82,271

soldats de l'armée de l'Est. On donna à ceux-là le même traitement qu'aux officiers de ce pays, à ceux-ci des casernements chaudement installés, abondamment pourvus, et une solde de cinq sous par jour.

Les officiers du 4ᵉ bataillon de la Loire ne se quittèrent point. Ils s'établirent à Lucerne, une des cinq villes laissées à leur choix pour y fixer leur résidence. Là ils vécurent à leur gré, prisonniers sur parole et toujours unis.

Quand nous rentrions en France, le 18 mars, par Bourg-en-Bresse, désigné avec Chambéry comme point de ralliement, nous nous sentions le cœur plein de reconnaissance, et plein de cette joie que donne le devoir accompli.

Gardons-en le souvenir.

FIN.

Saint-Etienne, imprimerie FREYDIER, rue de la Bourse, 2.

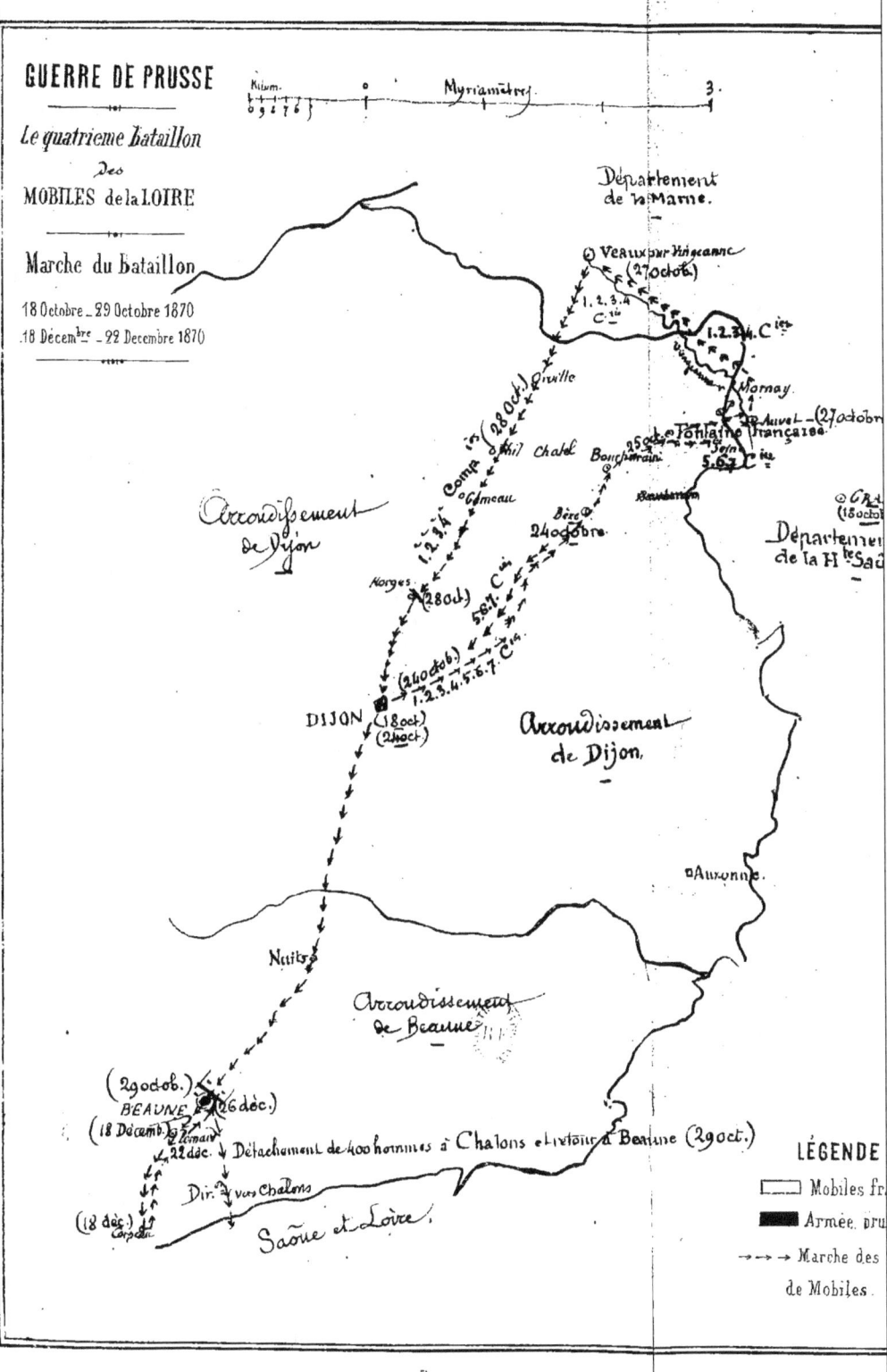

GUERRE DE PRUSSE

Le quatrieme Bataillon
des
MOBILES de la LOIRE

Marche du Bataillon

18 Octobre _ 29 Octobre 1870
18 Décembre _ 22 Decembre 1870

Kilom. 0 Myriamètres. 3.

Département
de la Marne.

Veaux pur Vingeanne
(27 octobre)

1. 2. 3. 4.
C.ies

1. 2. 3. 4. C.ies

Mornay

(28 oct.) Oiville

Comp. Mil Chatel Bouchaïaine Le Fontaine française
Le Auvet _ (27 octobre)

Odemeau 5. 6. 7.

Beaubanson

Bèze
24 octobre

Arrondissement
de Dijon

Norges

(28 oct.) C.ies

5. 6. 7.

(24 octob.) C.ies
1. 2. 3. 4. 5. 6. 7.

DIJON (18 oct.)
(21 oct.)

Département
de la H.te Saô

CH
(18 octo)

Arrondissement
de Dijon.

Auxonne.

Nuits

Arrondissement
de Beaune

BEAUNE (26 déc.)
(29 octob.)
(18 Décemb.)

22 déc. Détachement de 400 hommes à Chalons et retour à Beaune (29 oct.)

Dir. vers Chalons

(18 déc.)

Saône et Loire.

LÉGENDE

☐ Mobiles fr

■ Armée pru

→ → → Marche des
de Mobiles.

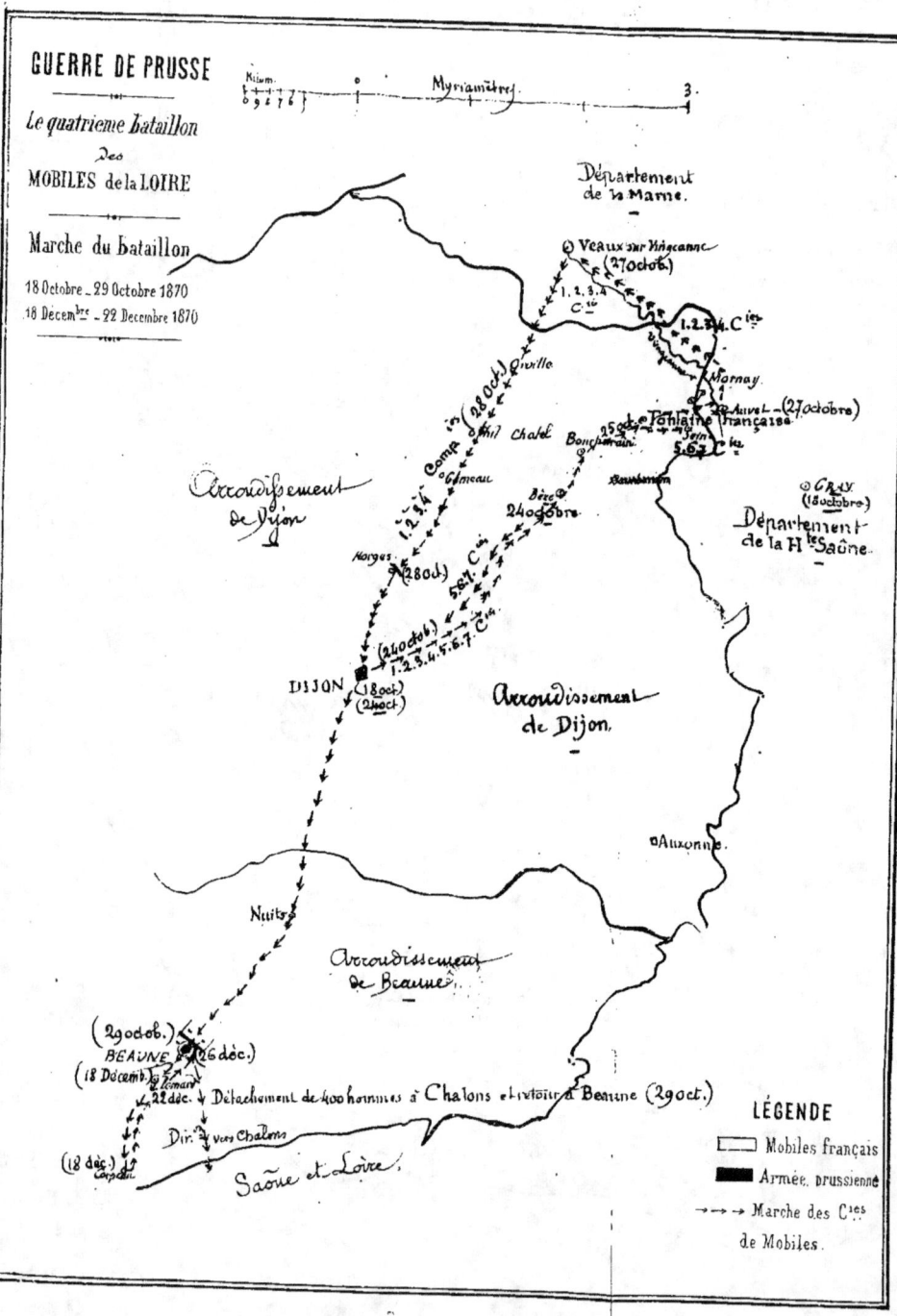

GUERRE DE PRUSSE

Le quatrième Bataillon
des
MOBILES de la LOIRE

Marche du Bataillon

18 Octobre – 29 Octobre 1870
18 Décembre – 22 Décembre 1870

Kilom.

Myriamètres

Département
de la Marne.

Veaux sur Vingeanne
(27 Octob.)

1.2.3.4
C. ᵗᵉ

1.2.3.4. C. ᵗᵉˢ

Oiville

Marnay

Auvel – (27 octobre)

Comp. (28 Oct.)

Mil Chatel

Bonchamain

Fontaine française

1.2.3.4

Gémeau

Bèze
24 octobre

Steubereim

GRAY
(15 octobre)

Arrondissement
de Dijon

Département
de la H.ᵗᵉˢ Saône.

Morgus
(28 Oct.)

5.6.7 C.ⁱᵉ

(24 octob.)
1.2.3.4.5.6.7 C.ⁱᵉˢ

DIJON (18 oct.)
(24 oct.)

Arrondissement
de Dijon.

Auxonne.

Nuits

Arrondissement
de Beaune.

(29 octob.)
BEAUNE (26 déc.)
(18 Décemb.)

(22 déc.)
Détachement de 400 hommes à Chalons et retour à Beaune (29 oct.)

Dir. vers Chalons

(18 déc.)

Saône et Loire.

LÉGENDE

☐ Mobiles français
■ Armée prussienne
→---→ Marche des C.ⁱᵉˢ
de Mobiles.

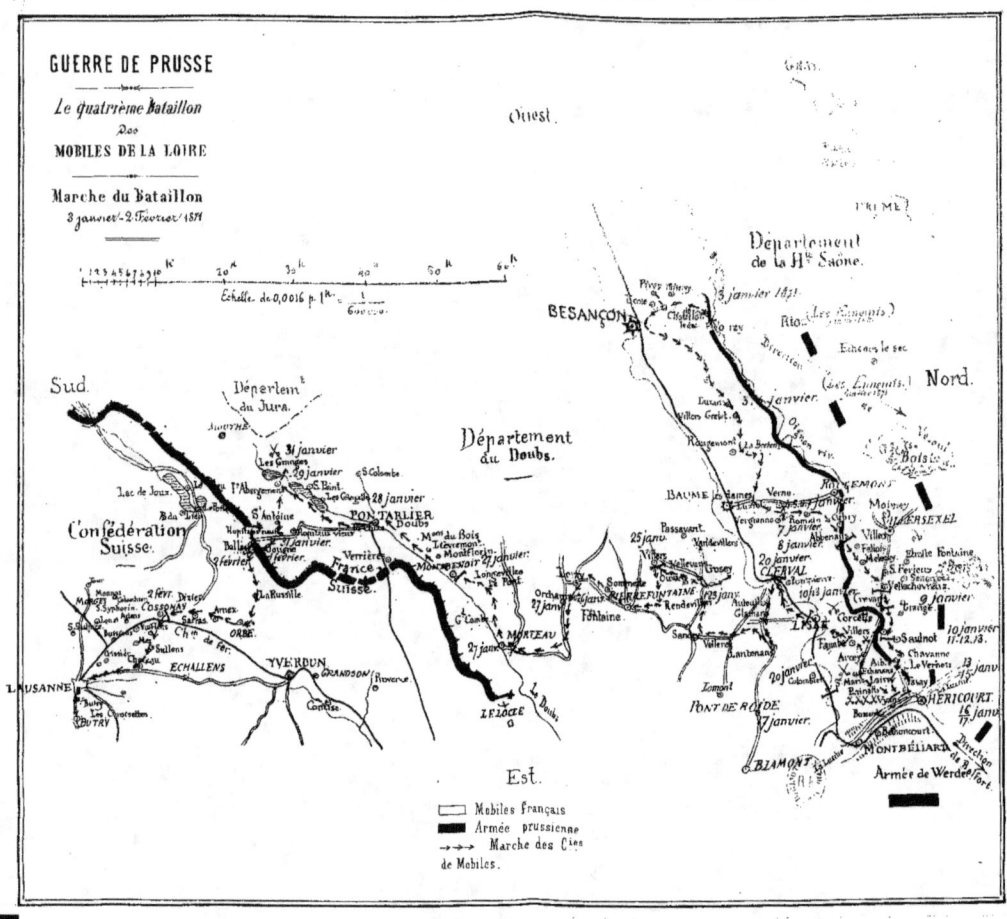

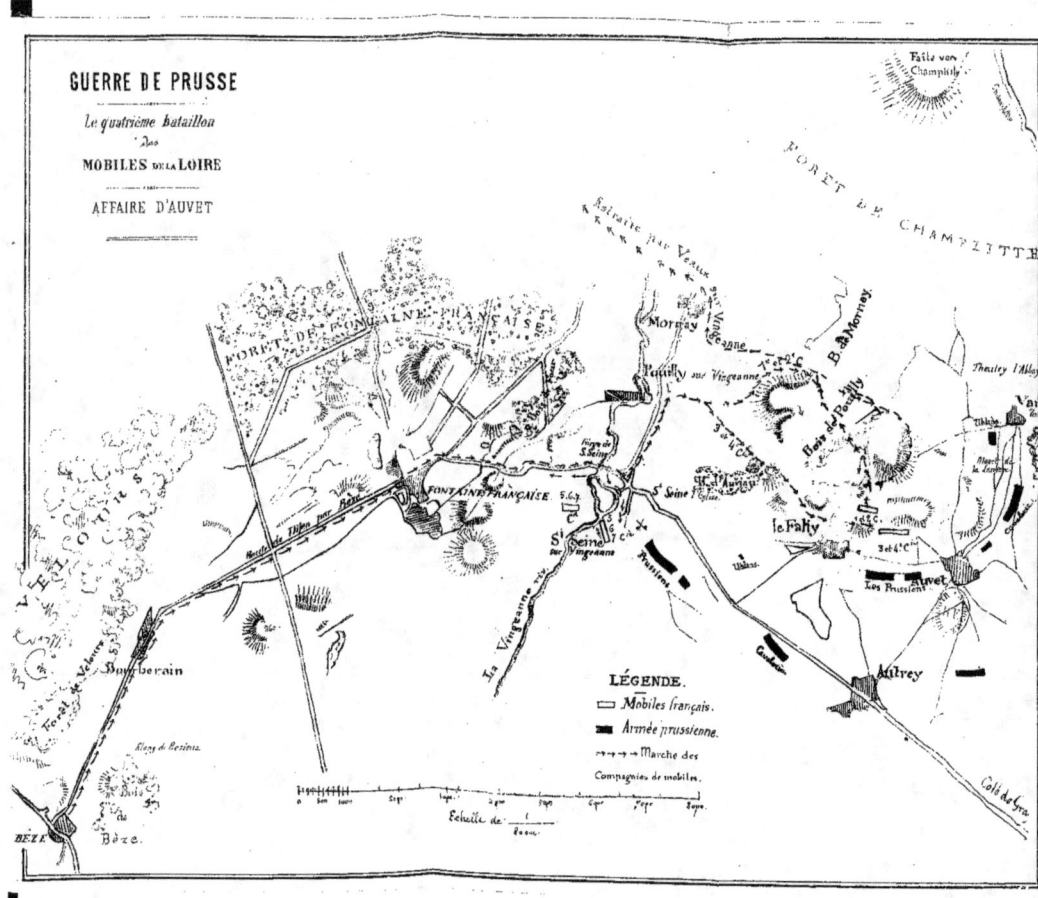

GUERRE DE PRUSSE

Le quatrième bataillon
des
MOBILES DE LA LOIRE

AFFAIRE D'AUVET

LÉGENDE.
▭ Mobiles français.
◼ Armée prussienne.
–›–›–› Marche des
Compagnies de mobiles.

Echelle de $\frac{1}{100.000}$

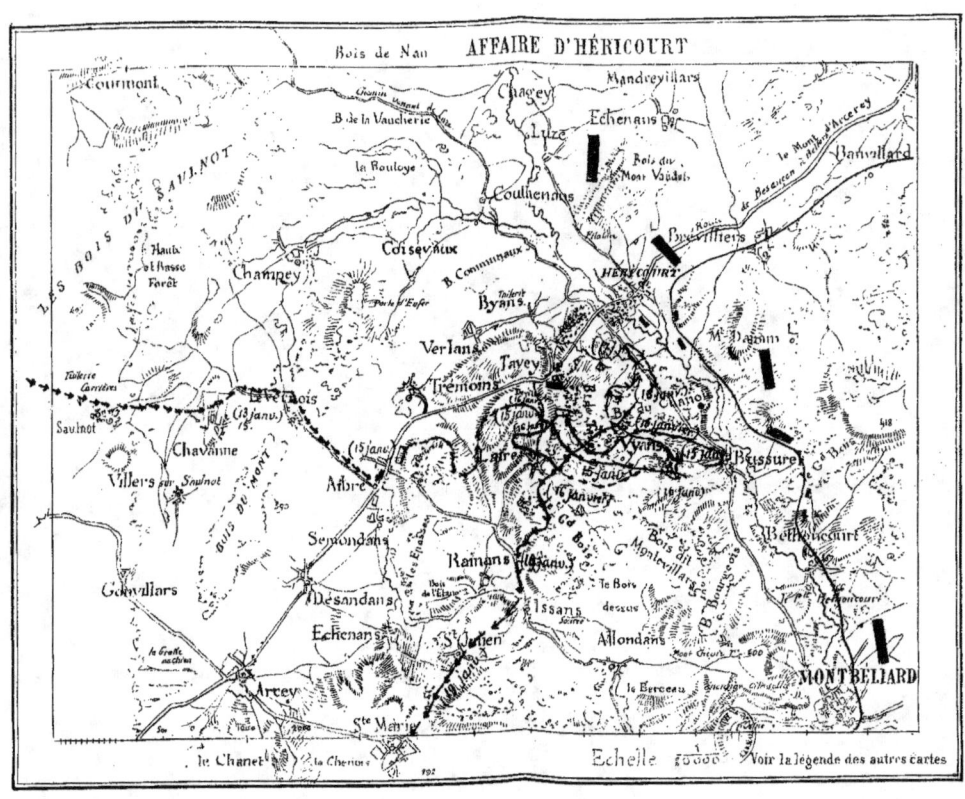

AFFAIRE D'HÉRICOURT

www.ingramcontent.com/pod-product-compliance
Lightning Source LLC
Chambersburg PA
CBHW060440260626
47161CB00005B/2006